俳句の動物たち

船団の会 編

人文書院

目次

日本の動物たち 5

犬 6／鼬 8／猪 10／兎 12／牛 14／
馬 16／河童 18／狐 20／恐竜 22／熊 24／
猿 26／鹿 28／猫 30／鼠 32／豚 34／
山羊 36／妖怪 38／龍 40

虫たち 43

油虫 44／蚊 46／大蚊 48／甲虫 50／
蟷螂 52／蜘蛛 54／毛虫 56／蝙蝠 58／

蟋蟀 60／金亀子 62／鈴虫 64／団子虫 66／
蝶 68／天道虫 70／蜥蜴 72／蜻蛉 74／
蛞蝓 76／蝿 78／蜂 80／蜈蚣 82／蚯蚓 84／
蓑虫 86／綿虫 88／守宮 90

水にいる動物たち

93

浅蜊 94／水馬 96／烏賊 98／磯巾着 100／
海豚 102／鰯 104／鰻 106／海胆 108／蟹 110／
亀 112／鯨 114／鯉 116／山椒魚 118／栄螺 120／
鯛 122／鱧 124／蛍 126／馬刀貝 128／目高 130

鳥たち

133

鸚鵡 134／鳰 136／鴨 138／鷗 140／鴉 142／
雁 144／雉 146／啄木鳥 148／雀 150／鷹 152／
燕 154／鶴 156／鶏 158／白鳥 160／雲雀 162／

文鳥 164／時鳥 166／椋鳥 168／目白 170／鵙 172／
行々子 174

動物園の動物たち 177

オランウータン 178／河馬 180／カンガルー 182／
キリン 184／コアラ 186／ゴリラ 188／犀 190／
縞馬 192／象 194／駝鳥 196／虎 198／
ナマケモノ 200／パンダ 202／フラミンゴ 204／
ペリカン 206／ペンギン 208／マントヒヒ 210／
ライオン 212／駱駝 214／ラッコ 216／鰐 218

人間たち 221

赤ん坊 222／兄 224／姉 226／妹 228／夫 230／
弟 232／男 234／おひとりさま 236／女 238／
恋人 240／少女 242／少年 244／青年 246／父 248／

中年　250／妻　252／母　254／老人　256

俳句を作って、動物に戻る

対談　坪内稔典×池田澄子　259

船団の会編集委員によるあとがき　296

日本の動物たち

犬
いぬ

お隣に引っ越してきた人、犬派かな猫派かなあ。まず挨拶をしよう、ウーワンワン、するとワンワンと返事が返ってきた。ちょっと変わってる。それからは、洗濯物を干しに庭に出てきた時など、必ず僕に声を掛けてくれる。僕の飼主は、話しかけてくれないし名前を呼んでくれたこともない。名前が無いんだ。

名前を知らないからその人は、おはようとか、寒いね、暑いねとか言ってくる。そういう事に慣れていないので、返事ができない。でも、そんなことはお構いなし、懲りずに続いている。どちらかと言うと、この人は犬の扱いを知らないのだと思う、だから戸惑いながらそんなふうに話しかけてくるのだ。

僕が痩せているので、いつも、可哀そうにという視線を投げかけてくる。でも、確かに少しひもじいけど、そういう風に思われるのは嫌だな。

友だちがどんなに愛犬を可愛がっているか、大切にしているか、なんて話を聞いた後は、殊の外僕を憐れみ深く見ている。

強がりかもしれないが、屋根のある小屋は無いけれど、夏の日を避けるには、木と庭石がある、冬は日当たりが良いので一日中日向ぼっこ、これで幸せ。野良犬にもならず、一日一食頂いて、外敵も無く、穏やかな日々を過ごしているのだ。欲を言えば限りがない。あなたもそうでしょ。生まれる時、親や場所、環境を自分で選んだのではないと思う。互いに、犬と人間として生れてきた、その命数と運を、天に任せて生きていくしかないいんだ。

夢と希望はないかって。ないことはない。夏は辛いから、家の中とは言わないが、リードを長くしてくれると、涼しい所を選べるから助かる。それと、ささやかなお願いだけど、朝食も欲しいかな。

暑くなってきた。穴を掘って身体を冷やそう。

（赤坂恒子）

少年が犬に笛聴かせをる月夜　富田木歩
春陰や犬はひもじき眼をもてる　石橋秀野
犬に似た老人に似た犬晩夏　中谷三千子
ひまわりは二足歩行の犬が好き　三池しみず
悠久の今を穴掘る犬の夏　赤坂恒子

鼬　いたち

我が家の子どもたちが小、中学生の頃、十姉妹、セキセイインコ、金魚や亀などを飼っていた。ある朝、ベランダに置いてあった鳥籠のセキセイインコが鼬に食べられて、隣の屋根の上に青や黄色の羽根が、点々と散らばっているのを発見した。可哀想な事をしたとその後は気を付けていたが、その味を占めた鼬が、ある冬の朝またまた出現した。二階のベランダで、バタバタ、ピーピーと騒がしい音がした。驚いてベランダに行ってみたら、鼬が鳥籠にとじ込められて暴れているではないか。仰天した私は、当時中三の長男を呼び鳥籠の鼬をなんとかして欲しいと頼んだ。恐ろしいので階下で待っていたら、長男は「追い出したよ。一目散に逃げていった」と笑っていた。

その時の様子を、今は四十五歳になった長男に訊ねると、鼬は鳥籠の戸を開けて逃げて行ったが、屁はかまされなかったそうだ。

奈良の友人は、百坪ほどの借地で家庭菜園をしている。その友人の話によると鼬は鶏小屋に入り、獲物を沢山食べてお腹が大きくなると、入り口から出られなくなるらしい。畑の畝を走り回ったり、空小屋に棲みついたりして迷惑を被っているが、野鼠を退治してくれるという。
私が初めて鼬の姿を見かけたのは四十歳頃であった。生野区は戦火に遭わず、古い家が多いので鼬が出没する。時々猛スピードで細長く茶色い物体が、軒下や溝に逃げて行く。一瞬猫と見間違うが走り方に特徴がある。昔は鼠も天井裏を走ったりしていたが、ある時天井裏でものすごい大きな音がした。怪獣が走ったような音と、チュチュチューと鼠の鳴き声もした。それは鼬が鼠を追いかけていた音だったのだ。いやはや人騒がせな事だ。
鼬のつく言葉を『広辞林』で調べたら、鼬ごっこ、鼬の最後屁、鼬の道、鼬雲などがあった。鼬は鶏小屋を襲ったりして害もあるが、鼠を捕ってくれる益もある。人間に親しまれて来た動物なので、鼬のつく言葉も多いのだと思う。

（杏中清園）

凩や鳶にとびつく野の鼬　　広江八重桜
煤にはしる鼬の寒さ哉　　正岡子規
山茶花をよぎる鼬の姉妹かな　　鳥居真里子
速きこと残像もなき鼬なり　　湯浅夏以
鳥籠にとじ込められし鼬かな　　杏中清園

猪　いのしし

猪が人間を食べたという話を聞いたことがない。

人間は猪の肉を好み、日本では古くから食べてきた。肉食が禁じられた時代も、猪の肉は「山鯨」と呼ばれ、食べ続けられた。

猪にしてみれば、自分の住まいに近づいた人間に近づかないよう身体で示しているのだが、人間からは「猪が人間を襲う」といわれる。食べものを探して人家に近づけば恐れられ、ワナを仕掛けられ、最後には食べられる。

私は、ついこの前まで自分で耕していた高台の畑から、下の道路を見ている。

そろそろ車が通るころだ。

吹き荒れた暴風は止み、雨も上がった。台風一過、空は朝から晴れ上がり、吹き抜ける風も心なしかひんやりしている。

ここから見える景色も随分変わった。四十年前まで、体を上下左右に揺すって、うなりながらボンネットバスが走りぬけた砂利道は、見通しのいい広い舗装道路になった。「私」の体を載せた黒い車を先頭に、三台が、昨日の風でなぎ倒されたあとの残る稲穂を両側に見ながら、山あいの県道をすべっていく。

この崖から足を滑らせた私はそのまま「還らぬ人」となったようだ。今は身も心も軽くどこかすがすがしい。とりたてて思い残すこともない。過ぎていく車の中から息子がこちらを見ている。髪にはめっぽう白いものが目立ってきた。私だと気づいただろうか。ただの猪と思ったか。今、私はここにいる。

三台の車が、後ろ姿を見せて西へ遠ざかっていく。私はここにいて、栗にかぶりつく。うまい。当たり前だ。私が育てた栗だ。

なぜ猪なのかはわからない。たまたま猪になったのだ。とりあえず、猪でいこうと思っている。

（鈴木ひさし）

猪もともに吹るゝ野分かな　芭蕉

猪も出て夜の色なる稲田かな　松瀬青々

いのししの四肢吊るされし面構え　北村恭久子

いのししや男の首にあるサイズ　塩見恵介

イノシシの鼻からはじまる秋の虹　鈴木ひさし

兎

うさぎ

日本人でうさぎが嫌いな人は少ないだろう。アンケートをとったら、きっとほとんどの人が好きだと言うに違いない。

なぜ、そんなにうさぎが愛されるのか。うさぎは、「うつくしきもの」だからだ。小さくてかわいい。毛がふわふわしていて耳が長いのも魅力的。目も丸くて、赤いものもいる。愛玩動物としてうってつけだ。そして飼育も簡単。幼稚園や小学校でもよく飼われている。草食で糞もコロコロと小さく処理しやすい。

姪が小学校で飼っていた白うさぎをもらってきたことがあった。「トッポ」と名付けて呼ぶとヒクヒク動く鼻をこすりつけた。繁殖力も強く、一度に四羽産んだ。白が二羽、茶が一羽、黒が一羽。父親は黒うさぎだったのだろう。

うさぎは狭いところが好きだ。子うさぎ四羽は箪笥（たんす）と壁の隙間に上に重なって入った。「しろ」と名付けたうさぎは運動神経が抜群でひねりを加えた大ジャンプができた。うさぎの朝は早く、夏は午前三時頃には目覚めてごそごそ動きだすのには困った。そんな「しろ」はもらわれていき、しばらくどうしているか気になった。

「うさぎ追いしかの山」と「ふるさと」に歌われた程、昔、日本の里山にはうさぎがいた。そんなに愛されているうさぎなのに、日本の昔話にはあまりいい動物として描かれていない。亀とのレースに油断して昼寝をし、負けてしまう、うっかりものとして出てくる。また長いうさぎの耳のカチューシャをつけたバニーガールはセクシー過ぎる。

うさぎは絵本にもたくさん登場する癒し系。その中でも私はピーターラビットが好きだ。これからも、うさぎはきっと愛され続けるだろう。

（近藤千雅）

声もなく兎動ぬ花卯木　嵐雪
大雪となる兎の赤い眼玉である　尾崎放哉
心音のトトト・トトトとうさぎ抱く　松永典子
さくら色鼻でウインクするうさぎ　黒田さつき
当番は太郎と花ちゃん白うさぎ　近藤千雅

牛　うし

ホルスタインのあの模様は人間の指紋のように同じものはひとつもない唯一無二のものだという。

ここに一頭の牛がいる。体を右手奥に向けて、つまり尻を左手前にして、こちらを振り返るように見ている。その瞳は穏やかだ。牧場に佇むごく平凡なホルスタインである。手前から左奥に向かってその牛の影が見えるがその影からは時間帯の判断はつかない。牛の背後にはゆるやかな起伏の牧草地がつづき視界の上半分は快晴ともいいきれない曖昧な青空が占める。

先にこの牛の穏やかな瞳について言及したが、一体に牧場の牛そのものが穏やかな存在である。過敏というより穏和、機敏というより長閑である。実物に接したことの少ない私が牛についてこのような感想をもつのは一に今話題にしているこの一頭の牛によるところがおおきい。

多分世界でもっとも多くの人の目に触れた牛、ルルベル三世である。彼女に初めて会ったのは一九七〇年、ピンク・フロイドのアルバム「原子心母」のジャケット三十一センチ×三十一センチの正方形の中の図像としてだ。

この見開きダブルジャケットの表にこの牛一頭、裏に牛三頭、それだけである。アルバムタイトルもアーティスト名も一切ない。見開いてはじめてモノクロの十九頭の牛（改めて数えてみたが黒のつぶれた不鮮明な印刷で数に自信はない）が所在なげに草を食む牧場の上空にタイトル ATOM HEART MOTHER とアーティスト名、収録曲タイトルがそっけなく並ぶ。原子心母なる超直訳タイトルは日本盤の帯にあるだけ。場当たり的につけられた、それでいて虚仮おどしのタイトルに牛のビジュアル。この作為的な無作為に六十〜七十年代のロック少年は適度に翻弄された。当時私もその末席にいたグラフィックアート畑の人間にとってのアイドル、グラフィック集団ヒプノシスのこのジャケットデザインはアルバムの音楽性を超えてロック史に残った。（岡野泰輔）

春雨や降ともしらず牛の目に　来山

牛の子の大きな顔や草の花　高浜虚子

夏草や肥後の赤牛咀嚼音　鶴濱節子

歌いながら、大きい牛があるいてくる　本村弘一

うららかや牛の仕組みは牛のなか　岡野泰輔

馬　うま

家の前の広い道のまんなかに、馬の糞が何個も続いていた。それが乾いてぼろぼろになってくる。風が吹いて、その中の藁みたいなものがふわふわしてくる。そこへ大きな風がきた。そして黄色っぽい風になってあたりいちめんに、藁屑を舞いあげた。子どもたちが、喜んでワアワア騒いでいた。昭和三十年頃、長野市の近くの町に、荷車を引いた馬たちが、山から薪を運んでいた。

涼しくなったので、石切神社に、神馬を見に行った。神馬は「しんめ」「じんめ」「かみこま」と読むらしい。石切駅から参道をぶらぶら下って行く。占いの店、土産物屋、洋品店、金物屋などを通り神社に着く。お百度参りをしている人たちの横を通り奥に行くと、公園のようになっていて、その前に、神馬の馬場があった。柵がしてあって、その向こうに白い馬が二頭見えた。それは、東山魁夷の白馬か、スーホの白い馬か、という感じだった。一頭の父親の名前は「カツラノハイセイコー」。競走馬だったらしい。しかし、二頭とも奥の厩舎の入り口で、お尻を向けたまま。ほとんど動こうとしない。たまに横顔が見えるけど、寝ているわけでもない。バケツに頭をつっこんだり、虫なんかがいるらしく、時々尻尾を回したり、前脚でお腹のへんを掻いたりしているだけ。「ちょっとこっちに来てよ」というわけにもいかない。「神馬がお腹をこわしますので落ち葉をあげないでください」なんて書いてあるし。とりあえず、柵の前の石に腰掛ける。

待つこと十五分。突然、一頭が私の方へ顔を向けて歩き出した。近づいた。まあ、これは、これは。挨拶でもしなければと思ったとたん、クルッと向きを変えた。お尻がまん前。ぽとん。ぽとん。糞である。大きなおにぎりみたいな糞。糞が終わると、すたすた厩舎の入り口に帰って行った。

神馬のげんこつみたいな馬糞が八つ。三つは割れて中から藁屑みたいなのが飛び出ていた。

（香川昭子）

さく〳〵と藁喰ふ馬や夜の雪　大江丸
わが馬をうづむと兵ら枯野掘る　長谷川素逝
晩夏という大きな馬の影を踏む　寺田良治
馬の眼の奥まで晴れて冬の塔　富澤秀雄
天高くころんころんと馬の糞　香川昭子

河童　かっぱ

河童は水陸両生、四〜五歳の子どもに似て、顔は虎似、くちばしが尖り毛髪は少なく、頭のお皿に水を溜めている、という。

河童は、人間が想像してつくりあげたものなので、大人の人間の子どもに対する思いがはめ込まれているのだろう。いつごろ生まれたのかわからないが、鎌倉時代にせよ室町時代にせよ、日本はいつの世も戦乱が絶えなかった。そのなかでさらわれたり、殺されたり、売り飛ばされたりした子どもも少なくなかったに違いない。そんな子どもたちへの大人の負い目、悔恨、恐怖などが、他の動物を川に引きずり込んで血を吸う、という河童の獰猛性を生み出したのだろうか。それだけでは怖いだけで救いがないので、頭頂が禿げているような頭、くちばしや背中の甲羅など、ひょうきんさ、滑稽さを付け加えて、子どもらしさをつくり出したのかもしれない。

さて、川辺で河童とばったり出くわしてしまったら、あなたならどうされるだろうか。一、死んだふりをして倒れる。二、献血よろしく、四〇〇ミリリットル限定という約束で血を吸わせて許してもらう。三、河童の背後を「あっ！」と言いながら指をさし、河童が「えっ？」とあわてて振り返りお皿の水がこぼれて弱体化した隙に逃げる。四、万に一の「河童の川流れ」をねらって川に飛び込み逃げる。でも、姑息なことをせずに多くの子どもの過去の不幸に対して冥福を祈り、目を閉じ静かに手を合わせたら、河童はニッコリと笑い握手をしてくれるかもしれない。

河童と友だちになったら何ができるだろう。当然夏の川原はパラダイスになる。泳ぎに最適の清流を教えてくれるし、子どもの遊び相手になってくれる。クマなどの猛獣が近づいたら守ってくれるし、上流で豪雨が降って鉄砲水が出たらいち早く教えてくれるだろう。でもこちらに都合のいいことだけ考えるのではなく、河童のための冬場の保存食を持ってきてあげるのもお忘れなく。

（早瀬淳一）

さみだるゝ小家河童の宿にもや　石井露月

河童の恋路に月の薔薇ちれる　飯田蛇笏

新緑の河童の皿のような皿　藤井なお子

河太郎出でよ胡瓜の太ければ　ふけとしこ

花びらを背にのせ泳ぐ河童かな　早瀬淳一

狐　きつね

母は内職で忙しいから、ぼくはばあちゃんに育てられた。母は夜なべをしているので、ばあちゃんはしなびた乳首をぼくに含ませて寝かしつけたらしい。

ばあちゃんの得意は、指きつねをつくっての「狐のお話」で、ぼくも指きつねをつくって聞いた。それは、道に迷った旅人を親切な狐が助けるお話で、ばあちゃんは「狐が人をだますなんてウソだ」といつも言っていた。お話が終わると、指きつねでおやつをつまんで食べた。

「狐の嫁入り」「狐につままれた」などのイメージを創作したのは人間である。特に某事件の犯人のモンタージュ写真が「キツネ目の男」などというネーミングで貼り出されたことがある。これは捜査打ち切りになっているが、キツネ属から「名誉棄損」のクレームがでてもおかしくない。地球上の命あるものにとって、人類は天敵である。狐の襟巻を作ったり、高度成長などと狐の生息圏を奪ってきたから、狐の生息数はどんどん減り続けているにちがいない。

一方では、お狐様を神の使いとしてうやまい、善男善女から浄財をかき集めている稲荷大社・稲荷神社がある。それらの方々が、お狐様の生息圏保護のためにどのような貢献をされているのか、お聞きしたいものである。

もうすぐ中秋の名月である。月に兎がいるらしいが、実は月へ行く候補は狐・猿・兎の三獣であった。神様は老翁のよぼよぼな姿となって三匹のところへやってきて助けを求めた。その時の三匹の対応を見て、神様が兎にお決めになったそうである。狐はもうちょっとのところだったそうである。

もうすぐ、ばあちゃんの命日である。ばあちゃんの葬儀の日に、奇しくも誕生したぼくの娘は四十歳になる。

月見だんごを仏壇に、指きつねでお供えしよう。


（山本直一）

冬がれや葛のうら葉に狐なく　白雄
黒き瞳と深き眼窩に銀狐　竹下しづの女
狐きて牡丹雪きてバスが来る　角田悦子
蒲公英に化けて吹かれる狐の子　久留島元
月見だんごつんつんつつく指きつね　山本直一

恐竜　きょうりゅう

小学校の社会科で日本の歴史を学んだ後、図工の時間にクラス全員で絵巻物を作った。長い障子紙を時代ごとに切り分けて描いたのだが、そのとき、私の班に割り当てられたのは縄文時代だった。

蘆（あし）で覆われた竪穴式住居を描くと、あとは山と川しか描くものが無かった。人々はまだ、満足な衣服も着けていなかったし、田んぼも埴輪もなかった。

子どもは写し描きが大好きだ。他の班が、大仏や金閣寺など、立派そうな文物を写真を見ながら綿密に描いているのを見ると羨ましかった。あっという間に、私たちの班は、もう色塗り、ということになる。あらかた色も塗れたとき、誰かが、「火山にしたらどうや？」と言った。「そうやなぁ、縄文時代やし」と、一つの山を噴火させると、やがて、描いてあった山全部が、火山ということになって、噴火し始めた。

「恐竜時代やな！」と、誰かが言った。私たちは六年生だったので、縄文時代に恐竜はいない、ということは知っていた。ちょっとまずいことになったかもしれない。けれども、回って来た先生には叱られずにすんだ。先生は、「麓にイノシシとシカを描いたらどうですか」と、助言して行った。「恐竜やったら上手いこと描けるのに」と、言う子もいたが、私たちは、へたくそなイノシシとシカを一生懸命描いたのである。

あの時、恐竜を描いていたら、どんな絵が出来上がっていたのだろう。恐竜ブームが始まる前のことだった。私たちは、恐竜と言えばネス湖のネッシーしか知らず、どちらかと言えば怪獣に詳しかった。

今では、恐竜博物館が各地にでき、夏休みには化石を捜すイベントもある。そこでは、歯科医の歯を削る機械を使って、掘り出した石から恐竜の歯の化石を削りだしていた。見ていると、それはとても根気のいる仕事で、恐竜の歯は、思ったよりずっと小さかった。（星野早苗）

恐竜のなかの夕焼け取りだしぬ　あざ蓉子
無花果はジャムに恐竜はいしころに　水上博子
恐竜の足跡灼けてゐたりけり　星野早苗

熊　くま

福井県勝山市の農家から今年も新米が届き、お礼の電話を入れた。その時の話では、この秋もツキノワグマの親子二頭が徘徊していたのが目撃されたらしい。この地域を一度訪れたことがあるが、九頭竜川（くずりゅうがわ）が流れ、県立恐竜博物館が有名。森の様々な因果関係か、熊の食べ物が不足してか数年前も熊が勝山市内で人を襲ったニュースが記憶にある。ここの水田は白山系の山の上流の水で稲が育ち、お米がとてもおいしい。我が家では年間を通して送って頂いている。また春にはまるまると太った蕨（わらび）を毎年届けてくださるのだが、蕨採りの時期は熊が徘徊するので大丈夫だろうかと、いつも心配をしている。

私たち夫婦も各地の山を登山していると「熊出没注意」の看板を見かける時がある。野生の熊は怖い。遭遇しない事を願いながら山を楽しんでいる。怖い熊も動物園にいる熊は仕草がなんとなく面白い。また北極グマや北海道のヒグマの親子の映像をテレビ等で見ると、親子の情愛やじゃれあいには心に響くものがある。

私の故郷である熊本県のゆるキャラ、「くまモン」の人気度は抜群で経済効果も大らしい。

あのなんとも言えないとぼけた表情が人を魅了するのだろう。また熊のぬいぐるみもテディベアなど可愛いものが多い。

娘が赤ちゃんの頃、最初に熊のぬいぐるみを買い与えその後も、様々なぬいぐるみを頂いたり、買ってやったりしたのだが、特にくまちゃんがお気に入りで「くまのクーちゃん」と名付けて寝る時も傍に置き、抱っこしたり、おんぶしたりしてよく遊んでくれた。私も「クーちゃん」を洗ったり、腕や耳がちぎれそうになるたびに繕ったものである。娘の年齢と共にぬいぐるみたちも処分されていったのだが、「クーちゃん」だけは大切にされ続けたのである。でもさすがに嫁入り道具の中には入れなかったみたいだ。薄汚れてはいるものの「クーちゃん」は我が家の娘の部屋で今も健在である。

（鶴濱節子）

あら熊のかけちらしてや前の雪　北枝
熊の檻飽食の肉凍てにけり　日野草城
熊の子を鎖につなぎ校舎裏　星河ひかる
迷い道春の小熊のような僕　佐藤日和太
オーロラに包まれじゃれる人と熊　鶴濱節子

猿　さる

小学生の頃、同級生の男子とよく喧嘩をした。男子はすぐに暴力を振るうので腹が立った。ある日、喧嘩になり腕を叩かれたので、とっさに私はその腕を摑み引っ掻いた。するとその子は泣きだして、私に向かって「猿みたい」と負け惜しみを言った。私はフン！と鼻で笑った。なんたって喧嘩に負けないほうが気持ちいい。それからは猿に親しみを抱くようになった。すばしっこくて、あのくりくりとした眼が大好きだ。

京都市動物園に行くと、必ず猿の集団を眺める。猿たちの遊具は公園の遊具と似ていて、滑り台や、アスレチックの器具、大車輪などがあり、プールに飛び込むときの飛び込み棒もある。大車輪は子猿が回して遊ぶが、大人の猿は自分の力を誇示するために回したりするらしい。小さな男の子が来て、「お母さん、僕もこの中で遊びたいよ」と、大きな声で言った。猿はちょっとその子を見上げて、お尻をぼりぼり搔いた。

また、ここの猿たちは、水道の蛇口を舐めたり、齧（かじ）ったりして遊び、蛇口に映った自分の顔をじっと見るのがお気に入りという。従来、「猿」とついた言葉では「猿知恵」、「猿賢い」など、あまりいい言葉がない。これでは猿が可哀想だ。自分の顔を見つめる猿は、探究心が強いのかもしれない。

隣の猿舎にいるテナガザルの雄のシロマティは、「数字の1から8までの順番を一年半かかって覚えた」と、説明書きにあった。かなりの努力家だ。同じ猿の仲間のマンドリルやチンパンジーとの違いを明らかにするために実験をしているという。小型類人猿のテナガザルは最も人間に近い。きっと楽しんでやっているに違いない。シロマティは白い毛がふさふさして明るくイケメンだ。テナガザルの雄は人間の女性が大好きで、雌は男性が大好きとある。雌のクロマティは、女性が近づくと敵意をむき出しにする。おおっ、こわっ！

（小枝恵美子）

このむらの人は猿也冬木だち　蕪村

飼猿のかしこまりけり花の庭　尾崎紅葉

秋空も掴んでいるか手長猿　あざ蓉子

日向ぼこ猿にも二つ膝小僧　清水れい子

森林浴両手ぶらぶら猿になる　小枝恵美子

鹿　しか

真っ暗闇の山道を走る。下りのカーブに差し掛かる辺りでいつも出逢う鹿。ヘッドライトに浮かび上がる姿は、まるで舞台の主役のようだ。しなやかな体は、硬直したように見えるが眩しそうでもなく、振り向いたその眼はいつも赤く光って見えた。

田舎のなかった私は、市内のこんな近くに夫の故郷の山里があるのが嬉しかった。帰りの楽しみは夜の山道で鹿に会えることだった。視力抜群の私は暗闇に浮かぶ鹿を見つけるのが得意で、会えなかった日は物足りない思いで峠を下りてゆく。

圓通寺の門前で鹿の一家に出会ったことがある。どうやらこの辺りの山を住処にしているらしい。お母さん鹿は人前に飛び出した子どもをたしなめるように、飛んで下りてきて寄り添う。そう見えるのはあの鹿の静かな瞳のせいだ。糞も象のように大きくはなく、遠慮がちにぱらぱらと小さな塊をこぼす。人馴れしているのか、逃げも隠れもせず、遭遇したこちらの方が申し訳ない気持ちになるのが可笑しい。

しかし、山里では丹精込めた農作物を荒らす鹿は嫌われ者だ。義母は紫花豆の鞘が膨らむのを楽しみに待っていたのに、収穫する前に食べ尽くしてしまった鹿が憎い、と言っていたのを思い出す。以来、鹿のいい話は聞かなくなった。

ある日、鹿よけの網に角が絡んで暴れていたので猟師さんに来てもらったと聞いた。しばらくして近くの茶店で美味しいよと、勧められたお弁当の一角に収まっていたのは紛れもなく鹿肉の甘露煮だった。匂いがするとか、固いのではとか、断る理由をいくつか並べてみたが、「だんない、だんない」と一蹴されて、一切れ口にする羽目になった。コメントを急かすように、「あっさりしているやろ」とおばさんは言った。口にした物は飲み込むしかなかった。鹿さんごめん。

（つじあきこ）

親と行くたそがれ貌の鹿の子かな　渡辺水巴
旅かなし馬酔木の雨にはぐれ鹿　杉田久女
飛火野の鹿とわたくし十三夜　陽山道子
鹿歩くかなしいまでに音立てず　木村和也
お揃いの服着て鹿のお父さん　つじあきこ

猫　ねこ

私の句集の一つに猫の句が五句ほどあったため、猫好きな女だと思われているが、私は猫が苦手である。幼少時、シャムの子猫にじゃれつかれ爪を立てられた時の恐怖感を、この齢になっても引きずっている。

どうした訳か周囲の友人たちのほとんどが、猫好きだ。中には、十数匹の猫と暮らしている女流画家もいて、猫に逝かれたといっては、泣き声で電話がかかってくる。

その友人たちに共通しているのは、血統書などにこだわることなく、捨て猫を引き取り大切に育てている優しい心の持ち主であり、どの猫よりも自分の家の猫の方が器量よしで利口であると思っていることだ。そんな飼主たちの溺愛ぶりを、何時も斜に構えて見ている猫嫌いな私である。

猫好きに囲まれているせいで、しょっちゅう猫に出あっているが、訪問先では猫好きの連れより、素っ気ない態度の私の方に甘い鳴き声ですり寄ってくる猫が多い。また、時には飼主の制止も聞かず、大胆不敵にも私の膝に飛び乗ってくる猫もいるが、これは、かまわれることを好まない猫の性質が関係しているらしい。その都度、有難迷惑と思いながらも、飼主に礼を尽くして精いっぱいの猫なで声を掛けるのだが、しょせん、猫嫌いの私のこと自分でも声が上ずっているのがわかる。

こんな私が、どうして猫好きと気が合うのか。猫好き人間の性格は、一人でいることを好み、自由でマイペース、人に干渉しない、物事に動じないと、ある本にあったが、私の性格と照らし合わせてみると重ならないところが多々あり、ない物ねだりというか自分と違う性格の持ち主に憧れているのが解る。

俳句の世界では、可愛さがあまって甘くなるから、孫と猫の俳句は作らない方が良いなどと言われているが、私の俳句にとって、果たして猫嫌いが幸いしているのか、災いしているのか。

（飯島ユキ）

猫の子がちよいと押へるおち葉哉　一茶
行く年や猫うづくまる膝の上　夏目漱石
夏めくやノラ猫にある富士額　辻水音
木枯一号飼猫を首に巻く　鈴木みのり
木の実降る人より猫の多き島　飯島ユキ

鼠　ねずみ

長い間ネズミにはお目に掛かっていないが、仕事で西洋史のことを喋っていると、時々ネズミが登場する。

例えば、十四世紀の黒死病（ペスト）。ペストは、もともとクマネズミの疫病であって、そのネズミに寄生するノミが、ペスト菌を人間に移すらしい。だから、異論もあるが、ペストの流行の拡大には、先にクマネズミの侵入・拡散が必要であった。十四世紀の黒死病は中央アジアからもたらされたが、クマネズミは通商路を通るキャラバン隊の荷物の中や、船に潜んで移動して行ったのだろう。十四世紀の黒死病で、ヨーロッパの人口の少なくとも三分の一は失われたと言われている。

不思議なのは、「ネズミ捕り男」が登場する、グリム童話の「ハーメルンの笛吹き男」。一二八四年、ハーメルンの町に一人の男が現れ、報酬をもらえば、町中のネズミを退治してみせると言う。市民が同意すると、男は笛を取り出し吹き鳴らす。すると家々からネズミが出て来て、男はネズミを川まで連れて行き、水中に入るとネズミは溺れ死んでしまった。市民たちは報酬が惜しくなり、支払いを拒否すると、男は怒って町を去ったが、再び現れて笛を吹く。今度は子どもたちが出て来て男に連れられ、山で姿を消してしまった。消え去ったのは、全部で一三〇人の子どもであったという。実は、この伝説の原型が十四世紀にまで遡れることもあって、昔から失踪の解釈をめぐって様々な説が出されている。子どもたちは野獣に喰い殺されたとか、崖の上から底無し沼に落ちて溺死したとか。地震による山崩れで死亡、地下の監獄に監禁、盗賊による誘拐、東ドイツへの植民の途中で遭難、等々。

ネズミの極め付きは、魔女の拷問に使われた「鍋責め」。被告を裸にして仰向けに寝かせ、お腹の上に大きな鍋を逆さまに固定する。鍋の中にはネズミがたくさん入れられていて、鍋の上（底）で火を燃やすと、ネズミはパニックになってある行動を起こす。ご想像願いたい。

（乳原孝）

鼠にもやがてなじまん冬籠　其角
藍瓶に鼠ちよろつく寒さ哉　幸田露伴
子鼠の鉄路に沿ひて消えて冬　ふけとしこ
鞍馬夕ぐれ野ねずみ火種を運びをり　若森京子
朝焼や捕れば悲しき鼠捕り　乳原孝

豚　ぶた

「こらっ！　また寝てる！」

母の金切り声でハッと目を覚ます。母の気配がなくなると、再び、うとうと……。私は試験勉強を始めると、三分で深い眠りに入ってしまう、どうしようもない中学生だった。どうしてこんなに眠いのか、自分自身が不思議で仕方ないくらい。

そして、ついたあだ名が「ねむりぶた」。私が異常によく寝るので、呆れた母が「毎日どれだけ寝るんね、うちの眠り姫は……いや、ねむりぶたか……」と、つぶやいたのが始まり。大人になった今でも、睡眠時間が長いのが悩みの種だ。長時間眠っては、時間を損してしまったと、落ち込むことがしばしばある。

ブタの睡眠時間について調べてみると、約八時間で人間とほぼ同じだ。しかし、休息状態（仰臥や伏臥）は、一日あたり十九時間にもなるらしい。

東京・羽村市立動物園のふれあい広場で見たミニブタ（ポットベリー）は六匹全てが眠ったまま、まったく起き上がる気配がなかった。どのブタもしっぽだけはせわしなく動いて、ハエを追い払っていた。さらによく観察すると、お腹のあたりがビクッ、ビクッと規則正しく痙攣しているのが印象的。痙攣する度に、つやつやした毛並みが波打つのだ。

親子連れが「ブタさんだよー。ブーブー」と話しながらやってくるのだが、あまりの無反応に、子どもがすぐ飽きてしまい、隣のヤギさんに移って行く。親子連れで賑わう動物園のふれあい広場で、我関せずと眠り続けるブタさんたち。

気がつくと、私一人がブタさんの檻の前に釘付けになってた。積極的に眠りをむさぼる潔さに、ただただ感動。眠るという行為は、美しいのだと、ブタさんを前に勇気が出た。

（紀本直美）

豚小屋に潮のとびくる野分かな　篠原鳳作

白豚や秋日に透いて耳血色　杉田久女

草干して豚とわたしと仔豚たち　山本純子

いつもいつも豚の瞳は吹雪いてる　芳野ヒロユキ

どてらきてまるまるごろりねむりぶた　紀本直美

山羊　やぎ

これまで機会を得なかったので公表していなかったが、何を隠そう、山羊と私には切っても切れぬ縁がある。運命的、いやむしろ宿命的とさえ言ってよい。

実は私は一九八五年一月十一日生まれ。すなわち、星座がやぎ座なのである。以上。山羊と私とを結ぶ縁は、これ以上でもこれ以下でもない。やぎ座生まれだからと言って冬の空を眺めてやぎ座を指摘することなどできはしない。先ほどWikipediaで調べたことだが、やぎ座には三等星以下の星しかなく、光が弱いので見つけにくい。慎ましいのだ。

同じくWikipediaの記述に拠れば、やぎ座はギリシャ神話では恐ろしい巨人から逃げる牧羊神の姿で、下半身だけ水につかったので上半身は山羊、下半身は魚という。「この神話から、ヨーロッパでは、角のある海ヤギという想像上の動物とされることが多い」。なんということだ、山羊ではないのか。念のため野尻抱影の『星の神話・伝説』を確かめると、なるほど「山羊といっても、魚の尾をしているふしぎな『海山羊』です」とある。山羊と私の運命的つながりはどうなってしまうのか。

あえて言えば動物園のふれあいコーナーで山羊に触れたことはある。そういえば学生時代にサークル仲間と動物園へ行ったが、そこに山羊がいたかどうか定かでない。たしかいたと思う。ウサギは確かにいた、可愛かった。実際のところ山羊への興味は薄いので記憶にない。

そういえば山羊は紙を食べるらしい。いっそこの原稿を山羊に食べさせてみるか。しかし本当に食べるのだろうか。現代の紙質では口が切れそうだし、食べにくそうだ。早速 Wikipedia で調べると、やはり「現代の紙を食べさせると消化できず、腸閉塞などを起こす可能性があり」危険という。「さすが Wikipedia だ、何でもわかる」。しかし山羊と私の縁もこれでお仕舞いだ。丁度字数も尽きた、さようなら。

（久留島元）

山羊の仔を追ひかけ抱くや林檎の芽　松本たかし
山羊の毛も刈らでくれけり秋の牧　芥川龍之介
山羊遊ぶかりんの熟れる音がして　坪内稔典
立夏にてミミナガヤギが黒光り　三好万美
流星の破片を隠す山羊の髭　久留島元

妖怪　ようかい

私は人一倍怖がりである。お化け屋敷に入ったことはないし、肝だめしも苦手だ。ジェットコースターだって、一度も乗ったことはない（これは関係ないな）。

北海道の生家の古い蔵に、胴体だけの山車人形が入った箱があった。首と胴を一緒にすると、夜な夜な町内を闊歩するからがその理由。その胴体が別の家にある首を探して、蔵の中を歩くと言う（そう、稲川淳二風に語る人がいた）。

私の祖父は三十歳から頭に毛がなく、従兄弟の間では、誰に隔世遺伝するのか戦々恐々としていたが、ある従兄に集中し安堵した。聞けば幼いころ、悪さをして叔母に蔵に入れられ泣き叫んだとか。その恐怖が毛根を犯したせいだと、私たちは今も固くそう信じている。

私はこの手の話は嫌いだ。単に怖いだけではないか。文藝春秋の祖、菊池寛のように真夜中、旅館に出た幽霊に「ところで君、いつから出ているのか」と聞くくらいの度胸があるなら、もっと出世していると思う。ちなみに相手の幽霊、「へえ、三年前から」（落語じゃないって）。

幽霊は嫌いだが、「ゲゲゲの鬼太郎」育ちの私は、妖怪には興味がある。昔、ご飯や味噌汁をこぼすと、「そらっ、がきが来た」と、母や祖母はよく言った。「がき」は餓鬼か。どんなのか見てやろうと、わざとご飯をこぼしたら、餓鬼は出てこず、頭に母の平手が飛んできた。

妖怪には愛嬌がある。なぜなら彼らの行動には「意味」がないから。「小豆洗い」はただひたすら川で小豆を洗い、「砂かけ婆」は砂をかけ、「子泣き爺」はただ泣くだけ。それだったら私にも出来そうだし、実際、仲間にもいそうだ。幽霊は「脅かせてやろう」と、他人との関係を持ちたがるせこさがあるが、妖怪は唯我独尊、孤高である。だから最近の妖怪の定義は間違っている。昭和の妖怪と呼ばれた岸信介などは幽霊・お化け系で妖怪では断固ない。妖怪は愛すべき存在だ。それにしても最近は、意味や関係ばかりを求める、愚劣な人間たちが増えたよね、妖怪諸君。

（赤石忍）

凩や天狗が築く一夜塔　泉鏡花
水涕を貧乏神に見られけり　松本たかし
人魚いま泡となる夜の花吹雪　鳥居真里子
ヤキソバのネギのヌメヌメぬらりひょん　森弘則
妖怪と息白くして鬼ごっこ　赤石忍

龍　りゅう

「あのう、龍さんですよね。ちょっとお聞きしたいことが」

「そろそろあっちへ戻らねばならん。あまりごちゃごちゃしたことは聞かないでくれるかな」

「あっちとは天のことですか？　時間がかかります？」

「いや、半日もかからずに着く。飛ぶというわけでもないし、ちょっと体をくねらせれば、あとは風というか、気流というか、連れて行ってくれる感じだよ」

「お歳は？」

「うんざりするほど生きている気がする。いつ生まれたものやら、いつ死ぬことになるのやらさっぱり分からん。考えたことも無かったわ」

「大変な人気者でいらっしゃる」

「そうだな、絵に描かれたり、物語にされたりな」

「写真はお嫌いですか？」

「どこを撮る？　顔か？　私を撮れるか？」

「えっ、いえ、あの……そんなつもりは」

「恐いか？　皆そうなんだな。興味を示すくせに恐がる。どうして恐がる？」

「大きいし、鱗が凄いし、目も鼻の穴も口だって歯だって……もう食べられてしまうんじゃないかと……」

「おいおい、震え出してどうする。秋にはまた降りて来るから、カメラを持って来ればいい。初めて龍を撮ったとかで話題になるだろうな。そうだ、顎の下にちょっと形の違う鱗があるだろう。それに触られるのは厭なんだ。だから、そこを触ることさえなければ、私は怒りもしないし、暴れたりもしない。だからといって気楽に人を乗せることもないがね。あ、そうだ。オゾンホールとかいう穴を開けたのは、決して私ではないから。あれはやっぱり人間たちがやったことだ。では行くよ」


（ふけとしこ）

川霧に龍の流るゝ筏かな　河東碧梧桐
白龍の月にかゞやく白さかな　村上鬼城
朝ぐもり龍のみならず喉さびし　池田澄子
月光に屋根を渡って来る白龍　岡野直樹
逆鱗をちらと見せては龍に春　ふけとしこ

虫たち

油虫　あぶらむし

「女には触れんよなー」と和夫くん。洗面器に浮かんでいる瀕死の油虫を指差して言った。小学生の時に書道教室に通っていて、お稽古が終ると筆や硯を洗う土間がある。そんな流し台を前にしての出来事だ。幼いながらも「女には」という言葉が何か気になった。結果、思い切って、というより思い掛けずそれを摘まみ上げ、

「そんなことないよ、ほら」と私。

「すげぇ。ゴキブリをつかんだぁ〜」と和夫くん。みんなのいる教室の方へ駆けて行った。

あれから丸十年、彼は今頃ゴキブリ亭主になっているかも知れない。

触れることさえ嫌がられる油虫。色といい艶といい、人気者の甲虫と外見上あまり変わらないようにも見える。漢字を見比べても、「油」の偏の「氵」を取り去り、「由」を上下ひっくり返したら「甲」になるというのに。

家族に問うと、夫が最も油虫経験に不足していた。生まれ育った北海道では油虫を見たことが無いのだという。かたや長男は、梅田茶屋町のお洒落なカフェテラスで巨大な油虫を発見し

たそうだ。あのライバル甲虫より一回り大きかったと聞く。日本列島津々浦々、いろいろな状況があって然り。

芸術になった油虫がいる。昨年の京都市立芸術大学の作品展での受賞作。女子美大生のその作品とは、油虫をデコった（デコレーションした）ものだ。油虫の羽の部分にスパンコールなどの光り物をいくつも張り付けた。驚いたことにその油虫は生きた状態で展示。透明なケースの中を這い回るその背中には幾つもの偽ダイヤが輝いている。何とも美しく、新しい。

一方一〇〇年前のフランス人、ルナールの著した『博物誌』に「油虫」の頁があった。そこには次のたった一行で油虫が語られている。

「鍵穴のように、黒く、ぺしゃんこだ」

純粋な眼差しからは、ひとつの嫌悪感も見られない。

（藤井なお子）

夜寒さや吹けば居すくむ油虫　富田木歩
風呂場寒し共に裸の油虫　西東三鬼
油虫大阪駅を遁走す　宮嵜亀
油虫飛翔す夫崩壊す　津田このみ
夜のカフェをはっきり生きて油虫　藤井なお子

蚊
か

幼い頃、夏ともなれば蚊帳で遊ぶのが寝る前の楽しみだった。兄弟のいない私にとって、親戚の従兄弟がやって来た日などは、それはもう、蚊帳が破れるほどに遊んで暴れたもの。蚊に刺されることなどはちっとも気にしなかった。

あれから半世紀以上の歳月が流れ、クーラーのお陰で夏の夜は蚊帳など使わず、部屋を閉め切ってしまうことがあたり前となっている。蚊帳はどこへ行ったのだろう？　しかし、我が家では、部屋を夜通し開けっ放して、網戸からの夜風に涼みながらのご就寝である。クーラーのお世話になったことがない。網戸のお陰で、蚊帳も要らない。それでも、時々、網戸をすり抜けて蚊はやって来る。そんな時のために、妻は蚊取線香に火をつける。どこやら甘くて、幻想的な香りが寝屋を満たす。にもかかわらず、いままた、一匹の蚊が侵入してきて、私の鼻先や耳元を旋回している。夜の静けさの深まりに、蚊の羽音はジェット機のエンジン音のようにけたたましく、すさまじい。

それにしても近年、蚊に悩まされることは少なくなった。衛生状態の改善やマンションライフの普及などのお陰とは思うが、蚊はどこへ行ったのだろう？と、思っていると、枕元にある岩波文庫『ソクラテスの弁明』の中で、一匹の蚊を発見した。〃アテネの市民の眠りを覚ます一刺しを行う蚊のようなものに私はなりたい〃とソクラテスは自分の夢を語っているのだ。それじゃこの私も、地球市民を覚醒させる一刺しを行う蚊になってみたいものだ、と夢を見る。寝床で寝返り打ちながら、うとうとしていると、一匹の蚊が耳元にやってきて、ささやく「ねえ、あんた！　地球市民には蚊の一刺しは、もはや効かないね、原子爆弾というめっちゃ恐ろしい爆弾で一刺し、二刺ししても目覚めない人たちだもの。まあ、やりたいんなら、やってみな！」と。

（かしいけんいち）

昼出るはその殺された幽霊蚊　来山
残る蚊の侮りがたき力かな　石井露月
送り仮名に注意されたし残り蚊にも　池田澄子
秋の蚊と絞りたりない雑巾と　二村典子
蚊に刺され地球まるごとビッグバーン　かしいけんいち

大蚊　ががんぼ

思い浮かべるのはオーケストラ部K先輩のことである。ひとづきあいが苦手でいつも隅の方で煙草を吸っていたが、一九〇センチにも届こうという背丈でやたら痩せていたので、どこにいても目立った。単なる人畜無害な人であったが、でかいだけで注目され、でかいだけで発言に中身があると思われ、でかいだけで他の男性に疎まれ、でかいだけでモテて、いつしか単にでかいだけだとバレて、みんな落ち着いた。

オーケストラ部で彼はフルート、私はオーボエだったので、配置としては横並び同じ列の三人くらい離れたところで演奏していた。

口笛の延長のように軽やかに楽器を操るK先輩の近くで、私はひょっとこみたいな顔でオーボエを鳴らすフリをしていた。

彼は銀色の細い管からいろんな音を出した。自分の肋骨を抜いて吹いているのではないかと冗談を言われるほど自在に音を操った。息継ぎをしたのを見たことがないといううわさまで立っていた。

K先輩は卒業後、ただの巨人として、普通のところへ普通に就職していった。ががんぼは大蚊と書かれ、知らない人は巨大な蚊がいると言って大騒ぎする。しかし、ががんぼは血も吸わないし、攻撃的でもない。ががんぼの死体は非常にもろく、つつけばすぐバラバラになってしまう。

K先輩は去年なにかの病気でなくなったらしい。焼けた肋骨のひとつが微妙にフルートっぽい形だったと言う人もいた。ががんぼは光に強く誘われる性質があるらしいが、そういえばオーボエの美人のM先輩をいつも送り迎えしていたっけ。いつもひょうひょうとしていたK先輩も亡くなるときには暴れるほどに苦しんだろうか。

あんなにやさしい音を出す巨人の骨を、最後につついてみたかった。

（朽木りつ子）

障子打つががんぼにさへ旅心　高浜虚子
金屏にがゞんぼ飛べり夜半の春　村上鬼城
ががんぼや乱れがちなる腹時計　内田美紗
ががんぼや矛盾原理とコップ酒　平井奇散人
ががんぼの記憶ちぎれて目に刺さる　朽木りつ子

甲虫　かぶとむし

昆虫の王様といわれるカブトムシ。それは頭に長い角をいただき、すぐ後ろの背中に短い突起を持って、全身が濃い小豆色の艶のある殻に覆われている。体長五センチもあるそれは、古武士がまとった甲冑にも似て、威厳さえ感じさせる虫だ。僕らが少年の頃にはこのカブトムシを飼っていることが、一種の誇りでさえあった。

小学生の夏休み。毎朝六時、近所の神社でのラジオ体操の前。友だち連中で鎮守の森へ入り、以前から目をつけておいたクヌギの木を片足で思いっきり蹴る。ばさっと音がして大小の昆虫が下草に落ちる。その中に、朝露に濡れたカブトムシを見つけるとヤッタァというわけだ。夜行性のかれらは、夜のあいだに樹脂をたらふく吸って朝には眠っている。そこを急襲するのだ。夜クヌギ七、八本も蹴って二、三匹も捕れれば大得意で、ラジオ体操のみんなに見せびらかすのだった。

この立派な角を持っているのが雄で、少年たちは、雄どうし、或いはクワガタ虫を相手に相撲をさせて遊んだ。強い方が相手の腹の下にこの長い角を差し込んでグイと持ち上げひっくり返すのだ。一方、雌には角がなく、体に艶がない。僕たちはそれを「ボウズ」と呼んであまり人気がなかった。それでも力は雄よりも強い。背中に紐をつけて軽い玩具なんかを引かせると雄よりもぐいぐいと進んで行く。薄い段ボールの箱なんかに入れておくと固いギサギサの頭と鋭い足の爪でそれを破って、夜中に逃げて行くのも大抵は雌だった。

僕が天王山の麓の、今の家に来たのはもう三十年も前だが、その頃には、夜中に電燈の光に惹かれてブルルバサッと網戸にぶつかって来るのも大抵は雌だった。一年に二、三匹は来たものだが、それも近所に家が建って林がなくなってからはもうぜんぜん来なくなった。昔昆虫少年の僕には、それがとても淋しいものだった。

（佐々木峻）

兜虫み空に静止せる一と時　　川端茅舎

炎天や瓦をすべる兜虫　　室生犀星

兜虫黒光りして死後永し　　池田澄子

「探さないでください。」カブトムシ一同　　塩見恵介

老いにも夢カブトムシさん夜行便　　佐々木峻

蟷螂　かまきり・とうろう

「かまきり」と言えば、老若男女、知らない人はいないのでは。そう思ったら、何となく、愉快になった。

例えば新入社員の女性が上司の印象を友だちに「ちょっとかまきりみたいな感じ」と話すとしよう。即座に友だちは、やせ型で神経質そうな（？）あるイメージを持つことができるだろう。「なあに、それ」だの「かまきりって、何」だのということにはならないはずだ。自然あふれる環境に育った人でも、都市のなかに育った人でも、変わりない。野山から人里まで広く生息しているのだ、この虫は。

今この文を書いている私の頭には、私の知らない、いろいろな土地のいろいろな（大規模な、あるいは、ぽっちりとした）草むらに、ひそやかに動くかまきりの、さまざまなうつくしいみどり色が浮かんでいる。

無論かまきりには、みどり色でないものもいる。しかし、何といっても水分を含んだ明るいみどり色が、印象に深い。まるで草の一部であるかのような色。植物がうごいた、と思ったら、かまきりだったりする。顔のある草、という感じの不思議さだ。

舗道を歩いていて、おそらくどこかの庭から迷い出てきたかまきりに、威嚇されたことがある。

ほっそりした身体から、どこにしまってあったのか突然、扇状の派手な翅が飛び出てくる。鎌が振り上げられる。ボートが突如、帆船となった。地味なオトーサンがいきなり女装した。そんな展開である。

あ、今、脅されているなあ、と思った。

この攻撃性も、かまきりのわかりやすさだ。こうした威嚇を怖がったり、面白がったりした子どもが、どっさりいたことだろうな。

江戸に、明治に。大正に、昭和に。（原ゆき）

蟷螂が片手かけたりつり鐘に　一茶
蟷螂の何を以てか立腹す　夏目漱石
いぼむしり逆切れされてしまひけり　内田美紗
かまきりの後ろ姿に惚れました　久保敬子
かまきりに水滴　来るか又三郎　原ゆき

蜘蛛　くも

疎開で徳島に住んでいた頃、夏休みに仲間四人と夢中になった遊びがある。それは、クモ合戦だ。

クモ合戦というのは、長さ一メートル余りの股木になった棒を二本、適度に離して垂直に地面に立て、その先端に水平に棒を渡す。それが、クモの合戦の土俵となる。水平に渡された棒の両端に、互いの女郎クモを乗せて「やあ！　やあ！」のいう掛け声と共に、小枝でクモのお尻を突っつくのだ。

するとクモは、相手に向かってするすると突進して行き、中央あたりで、取っ組み合い。相手を棒から落とそうとするが、そこはクモ、少々のことでは落ちない。たとえ落とされても、尻から糸を繰り出し、棒にぶら下がり、また這い上がってくる。再び取っ組み合い。

強いクモは、巧みに相手の糸を切り、地面に落とす。地面に落とされたり、相手の糸で身動きが出来なくなったら負け。これが、クモ合戦のルール。

合戦に勝つためにはまず、相手より強いクモを捕まえなければならない。捕らえるクモは、一匹。更に、三日間飼育し、四日目に対戦させる。飼育の三日間は、蠅や蝶など虫を捕らえて来て、餌にして与える。

どういう訳かK君が、いつも勝つ。あまり勝ってばかりなので、みんなで「あいつの親父は、医者だから、きっと何かクモに良い薬か、怪しげな注射をしてるんや」と、悔し紛れに悪口を言ったり……。

今度こそはと、特大のクモを見つけて対戦させたが、完敗。ある日、やけくそになって、クモに餌を一日与えずに対戦させた。するとどうだろうK君のクモに快勝。

クモ本来の闘争本能に火がついたようだ。

後で解った事だが、K君の母親は大の虫嫌い。だから、クモの世話が出来ず、餌もろくにやらなかったらしい。なるほど、それでヤツのクモは強かったのだ。

（富澤秀雄）

浮草や蜘蛛渡りゐて水平ら　村上鬼城

我が肩に蜘蛛の糸張る秋の暮　富田木歩

まるめろの花咲くクモの脚くくく　須山つとむ

蜘蛛の囲にうらおもてありうらは夢　鳥居真里子

糸吐いて星捕まえる黄金蜘蛛　富澤秀雄

毛虫　けむし

一人で暮らすようになったわたしを心配してか、朝早く、週に一度は訪ねてくれる同級生がいる。そんな彼の年下のいとこにあたる人に、わたしの銅版画を見せた時のことである。

こういうのも、と取り出したのは、鋭い鎌の刃の上で若々しいカマキリが鎌を振るっている作品である。

「玄関に虫の絵はねえ……」と、ご婦人が仰る。

「はあー？」

と、思わず見上げてしまった。スラッとしたその人を。意表を突かれた感じがした。玄関に飾りたい、とは聞いていなかった。それから幾つか見せて、結局、求められたのは果物の李（すもも）の作品だった。

このように、とかく「虫」の絵柄は分が悪い。特にご婦人方に。チョウやトンボならまだしも、さわると炎症を起こしかねない毛虫なんぞは以ての他なのかもしれない。それでも「毛虫」は立派に夏の季語である。調べると、刺さない種類の方が多いらしい。

ところで、在り方を含めて若い頃からずっと傾倒しているヴォルス（一九一三〜一九五一）に、《大きな毛虫》という葉書より小さい版画がある。その、戦略の全くない画面から感じるのは、引っ掻いたような線がわたしの存在に突き刺さるということ。毛虫についてあれこれ考えていると、流し台の上でぶらさがる、瓶を洗う黒いブラシが大きな毛虫に見えてきた。

そして、思いついたことがひとつある。わたしにはもう一人、ふた月に一度ぐらい立ち寄ってくれる恰幅のいい同級生がいて、しばしば、真面目な顔でこう言うのである。

「お前の人生は悲惨よ！」

彼の真意は実のところわからない。そうかなあと、今まで笑って聞き流していたのだけれど、こんど言われたら、こう切り返したい。

「ぼくの、毛虫のように輝く人生！」

（松本秀一）

みじか夜や毛むしの上に露の玉　蕪村
垂れ毛虫皆木にもどり秋の風　臼田亜浪
親指のだんまり毛虫焼きながら　児玉硝子
芸名をもう考えている毛虫　寺田良治
さはつてもさはらなくても毛虫かな　松本秀一

蝙蝠　こうもり

極大（頭胴長五十センチ）

シンガポール動物園にて。ナイトサファリに参加。ふらふらと、重い鎖のカーテンをひいて入り込んだ獣舎。目の高さに五十センチあまりの黒い物体が逆さにぶら下がっている。慌てて逃げ出した。真っ赤なクチがにかっと笑った……ような気がしないでもない。

（ジャワオオコウモリ・主食は果物）

極小（頭胴長一センチ）

職場玄関脇足下にぶら下がる。学生がそれを手に乗せて入室。事務室内は軽くパニックになる。「こらー！　連れてくんな!!　十メートルの母親が取り返しに来たらどーすんねん！」逃げ出しつつ絶叫したのは強面の数学教師。小さいくせに細い細い指先で逆さにとまる。ずっと目を閉じ母を待つ。けなげ。

（アブラコウモリ？・主食はたぶんまだ母乳）

並（頭胴長十センチぐらい）

夏の夕方。ぼんやり公園の木々を眺めていると、必死に翼を漕ぐ数匹のコウモリに出会う。雀ぐらいの大きさだろうか。いつも「必死のぱっち」。

（たぶんアブラコウモリ・主食は飛翔昆虫）

私の日常に入り込んできたコウモリはほかに中国で縁起物として置物になった木製のコウモリ、日本の武家屋敷の釘隠に使われたコウモリなど。東洋では福に繋がる意匠として好感を持たれるが、西洋ではイソップ童話にあるようにどっちつかずな存在。いや、ハロウィンに登場するし、ドラキュラ伝説にもついてくるしで、ダークなイメージの方が強いかも。そのダークさゆえにバットマンになって闇を討つ正義の味方にまで突き抜けてしまう……。

見たところ鳥たちの方が優雅に軽やかに飛翔する。私の知っているコウモリたちはいつも一生懸命。その懸命さを愛すべし。

（わたなべじゅんこ）

蝙蝠や月の辺を立さらず　暁台

蝙蝠や出水明りに書く手紙　久米正雄

蝙蝠とラジオの電波を捕まえて　二木千里

蝙蝠に十坪ほどの空家あり　岡本亜蘇

今日だけは悩む天鼠でありにけり　わたなべじゅんこ

蟋蟀　こおろぎ

ある夜、こおろぎが一匹、机の上に座っていた。長い脚を折った得意のポーズが絵になっている。窓のどこかに隙間があったのだろうか。観察をしてみようと顔を近づけると、むこうも顔をすり寄せてくる。色が浅黒い上に顔の造作がこみ入っていて表情がよく判らない。複眼が光っている。複眼では像が何層にも重なって見えるという。餌をつかまえたり、敵の接近を気配で感知できるので都合が良いそうだ。いま、私の顔はアニメのように複眼に連続した像を結んでいるに違いない。相手を実像と違って認識しているかも知れないが、それはそれでいい。接触はコミュニケーションの第一歩。今夜の出会いが理解のほんの始まりになればいい。

それから数日後、秋の日差しがいっぱいの庭に出てみた。今年の厳しい暑さも取れて足裏へ草の冷たさが心地よい。中央の芝生を取り囲んでコンクリートテラスとわずかばかりの植込みがあり、いろんな草木がそれなりに、四季の表情を演じてくれる。

ごろりと芝生に寝転がって目の高さを虫の目線に合わせてみよう。上から見えなかった繁みの下の世界へ入っていくことができる。雑草の根がマングローブのようにからまっていたり、葉っぱが扇のように進路を阻んだりする。そんなところに虫達の家族の生活がある。人間も種族によって発展段階や文化が異なるように虫達も種類によって独自の習性を持っている。ある種族では、食料が不足すると、容赦なく仲間を食べてしまう共食いがはじまる。それは一見、残忍なようだが、種族を保存するためには甚だ合理的と言わねばならず、この奇妙な風習はやむことはない。

晩秋のある夜、こおろぎがまた一匹、机の上へ跳んできた。殺りくから逃げてきたのだろうか、脚を一本なくしている。長いひげをしきりに動かし、何かを訴える。

「なに、またクーデターだと、ええかげんにせい……」

（寺田良治）

こほろぎよあすの米だけはある　種田山頭火
こほろぎの密々鳴きて眠れざる　日野草城
通りゃんせ昼のこおろぎ四拍子　中原幸子
コオロギと子規いとこかもしれず　三宅やよい
蟋蟀に鉄橋の音遠ざかる　寺田良治

金亀子　こがねむし

陳列棚のエクストラヴァージン・オリーブオイルを手に取って灯火にかざすとき、不意と呼び起こされる感覚がある。あの頃、家の近くの華頂山の「すいば」で見付けて、みなで「アブラ」と言っていたカナブンが、意外に強い脚力で手の平を引っ掻くあの痛さである。

この「すいば」とは、京都周辺の子どもたちの間で通用していた言葉で、自分たちの行動半径にある特別に楽しい秘密の場所のこと。好きな生き物もいた。

「アブラ」とは、カナブンの当時の呼び名。外見を三ランクに分け、親しみを込めて次の名前で呼んだ。

「セキユ」最上――青緑色のエナメル光沢、精悍でスリム。

「アブラ」中級――オリーブオイルの光沢、動き俊敏。

「ゴマ」下級――褐色の地に白い斑点、むっくり。

ちなみに、ネット検索するとそれらは順に、アオカナブン、カナブン、シロテンハナムグリと同定できる。

仲間に「ハラウチ」の名人がいた。クヌギの樹液が醗酵して放つ芳香に出会わすや、樹上を凝視していた彼は身を屈め、研ぎ澄ました動きでその幹に体当たりをかます。と、バラッとクワガタやカブトムシが枯葉の上に落ちてくる。飛翔力のあるカナブンは膜質の後翅を唸らせて飛び去るが、他にも地上で死んだ振りをするヤツ、仰向けザマに固い上翅をもたげてもがくのも何匹かいる。それを手摑みで素早く虫かごに取り込む。

窓枠にまだ網戸が完備される前のこと。夜になるとカナブンをはじめ夏の虫が吊り下げた電灯めがけ部屋を飛び回り、火屋(ほや)と呼んでいたシェードにぶつかって澄んだガラス音を立ててほこりまで降らせた。そんな折、お前には七つ年上で、どんなことでも楽しくおしゃべりしてくれる姉さんがいたのだと、母は繰り返し話をした。夜になって家の中を飛び回る虫は、親しい誰かの生まれ変わりなのだと、最近になって人から聞いて知った。

（須山つとむ）

モナリザに假死いつまでもこがね虫　西東三鬼

葉と落ちて紫金まどかや金亀虫　原石鼎

秋の昼眩しきものにかなぶんぶん　星野早苗

あらら踏んづけちゃったのよ黄金虫　村上栄子

金亀子オリーブオイルのパンちぎる　須山つとむ

鈴虫　すずむし

鈴虫の、リーンリーンという鳴き声は不思議だ。秋の夜の静寂を一層深め清らかな淋しさが伝わってくるから。鈴虫は、月鈴子とも金鍾児とも呼ばれ、これらの文字に鈴虫の本意を感じる。

子どものとき、ジェーン台風が大阪を直撃、吹き飛びそうな我が家もなんとかやり過ごしたその夜、鳴きだした鈴虫の音を今も思い出す。今頃は、夏の暑さを閉め出すべく家じゅう閉め切り、エアコンを回す。外の音とは無縁状態でいた夜、ふと窓を開け虫の合唱が聞こえた時、大きな忘れ物をしていた事に気がついた。

折しも、市の広報紙が虫を聞く会への参加を呼びかけていた。ＮＰＯ主催の「秋の鳴く虫声をきいてみましょう」と言う市報に、鈴虫を存分に聞こうと参加した。懐中電灯と、あれば捕虫網を持参。夕方六時、学芸員の指導を受けながら、芥川沿いに歩くのである。鳴き声を探そう「木の上から聞こえる鳴き声」「草の中から聞こえる鳴き声」「地面から聞こえる鳴き声」と、この三つに虫の居場所が限られている、という新しい知識を得た。それぞれに、虫の名前と鳴き方が書かれているが、鈴虫の名が無い。そのことを指導員に告げると、「鈴虫」は絶滅種で、野生の鈴虫は、今、日本にはいない、いるのは人工的に飼育された鈴虫ばかりですから、という事だ。でも、ベランダで多くの虫の音に交じり鈴虫の鳴き声も聞くというと、人工的に飼育され飼われていた鈴虫を逃がされた種でしょう、ということらしい。「虫のこえ」という歌しってる?と指導員が子どもたちに問えば、子どもたちはすぐ歌いだす。すると指導員は、ここに歌われている虫も、十年ほど経てば姿を消すんじゃないかなぁとおっしゃる。子どもたちには、どんな質問にでも直ぐ答えていたが、この時は只首を傾げただけであった。

鈴虫の野生種が途絶えているという形で、時の移り変わりを教えられた。（中林明美）

鈴虫や浮世にそまぬ神の庭　凡兆
鈴虫や西瓜のつるの痩せてゆく　高田蝶衣
鈴虫の鳴いて磨いて湖の闇　川島由紀子
母さまは鈴虫飼って帯締めて　藏前幸子
あらしゆく鈴虫やおら尻たてて　中林明美

団子虫　だんごむし

その昔ダンゴ虫は近しい存在だった。と言っても単に友だちがいなかっただけのことだ。姉たちと同じ女子校の附属小学校に入れられた私には学校から帰って遊ぶ相手が一つ違いの兄しかいなかった。同じクラスの友だちは電車通学が多かったし、近くに住んでいる子の家でさえバスに乗らないと行けないので、兄と一緒に近所の公園へ行ってブランコに乗るのがせいぜいだった。

五人兄弟の末っ子で育った私は「パシリ」と呼ばれる存在で、近所の駄菓子屋に買い物に行かされたり、兄弟喧嘩に巻き込まれて理不尽なビンタをくらったり、とあまりいいことがなかった。そうすると家の中にいるより、外にいた方が安全なわけで、遊び相手の兄がいないときは一人裏庭に座り込んで蟻を苛めたり、ダンゴ虫をつついたりして時間をつぶしていた。

近くの公園を散歩しているときそんな昔を思い出し、つつけば丸まるダンゴ虫が見たくなった。ためしに花壇の境目に置いてある石をひっくり返そうとしたがびくともしない。見ると石の下がコンクリートでびっしりと固められている。持ち帰り防止なのか、凶器に悪用されるの

まったく違うわけだ。しゃがみこんでみる景色も幼い頃と
いのはメガネを忘れてきたせいだと気づき愕然とした。
いや、何か黒い点々が見えるがあれはダンゴ虫それとも?しばらくして点々が見定められな
虫がいる気配はない。
を防止しているのか。せちがらい世の中になったものだ。足で落葉を掻き分けてみてもダンゴ

あっ今度から散歩に老眼鏡を持ってこなきゃ。

（三宅やよい）

十二月だんだんみんなダンゴ虫　芳野ヒロユキ
だんご虫洛中洛外図からこぼれ　佐々木峻
草の穂むくむく団子虫やーい　三宅やよい

蝶

ちょう

蝶といえば、カシアス・クレイ。甲虫はといえば、ビートルズ。網をもって、走りまわっていたぼくら団塊のヒーローたちは、ぶっ壊し屋のクリエーターであった。

メグ・ライアンが、『ユー・ガット・メール』のなかで、「蝶のように舞い、蜂のように刺す」と呟きながら、シャドーボクシングをしていた。メグは、ニューヨークの老舗書店の主人で、店の近くに、出店予定の大型書店に立ち向かうという筋書き。も、あえなし。女蜂の一刺しは、母から受けついだ暖簾をたたんでしまうのだ。だが、謎のメル友は商売敵の御曹司、トム・ハンクスとの恋を実のらせての、愛でたしめでたし。

四角いリンクのうえで優雅なステップふみふみ、右に左にと相手のパンチをかわすカシアス・クレイは、モハメド・アリ。ヘビー級のボクサーは、リングの中央で睨みあい、どつきあうという、従来のボクシングスタイルを、アリは軽やかなフットワークで、華麗なアウトボクシングに変えて魅せた。また、アリはベトナム戦争の徴兵拒否で、世界チャンピオンベルトをはく奪されるも、国を相手に打ち勝ち、ベルトを取り返している。ホラ吹きクレイの神話は、リンクの外でも見事に舞ってみせた。

蝶は、プールでも翅をひろげている。バタフライ。バッタともバタともいうダイナミックで華やかな泳ぎ。平泳ぎの水中での手の動きを、水の上を蝶が飛ぶようにして生まれた、新しい泳法。いまは、胸ビレを広げて滑空するトビウオになぞらえての、飛魚泳ぎとか。スポーツジムのプールは、競泳用プールだが、ゆっくり泳ぐコース、というのがある。ぼくは変身コースとも游泳コースとも呼んでいる。ぷかぷか浮かんでるだけの人は、海月。両手をおおきくゆらゆら、マンタの人。クイックならぬ、スローターンの名人は、宇宙遊泳の人。変身コースの基本?は、手足を伸ばし、身体を浮かべておればよい。力をぬいて両手をゆっくり回すぼくは、秋の蝶。（秋野信）

日盛りに蝶のふれ合ふ音すなり　松瀬青々
蝶墜ちて大音響の結氷期　富沢赤黄男
翅閉じて蝶であること休んでいる　池田澄子
蝶つれてあいつはやっぱりウソつきさ　陽山道子
ひだまりは山のポケット秋の蝶　秋野信

天道虫　てんとうむし

てのひらにのせると、こそばがゆいその感触は、子どもの頃の忘れがたい思い出である。可愛く生まれるのは、誰もが望むところであり、そのうえ、ちやほやされるのだから羨ましいかぎりだ。

ちっちゃくても可愛いとは言い難い、船虫や団子虫、なめくじの思いはどうか。たとえば、放屁虫（へこきむし）挟虫（しりはさみ）臭虫（くさむし）、とふんだりけったりのこの言われよう。油虫（ごきかぶり）は器をかぶせられ、蟻蠓（めたたき）においては、目までも痛めつけられる。虫権じゅうりん、虫権侵害だ。人間と同様、虫の世界にも、偏見や格差があるように思われる。

それにひきかえ、天道虫はその名前から、お天道様、神様と崇められている。七星瓢虫（ナナホシテントウ）七つ☆で、偽瓢虫（テントウムシダマシ）詐欺師と、いろんな顔を持ちながら、世界中の人々に愛されている、たいそう偉～い虫なのだ。

五年前のこと、団子虫が異常発生して、門柱がすごい事になっていた。連日、ホースの水をぶっ放し殺虫剤を噴射して大いにいじめた。もしもこれが天道虫だったら、草間彌生さん風門柱アートだ！、と鮮やかな色彩に感動していたかもしれない。殺生した気持は複雑だけど。

チェリッシュの「てんとう虫のサンバ」の歌詞（さいとう大三作詞）に、面白い一節を見つけた。

赤　青　黄色の衣装をつけた
てんとう虫がしゃしゃり出て
サンバにあわせて　踊りだす♪

しゃしゃり出る、とはこれいかにだ。出しゃばりだ〜、厚かましい〜、とさんざん歌われながら、一緒に踊っちゃう能天気さも、愛すべき条件と言えるのだろう。

出生は運命に委ねるしかないのであって、天道虫はビジュアル的にハッピーだと言えるのではないか。

（辻水音）

羽出すと思へば飛びぬ天道虫　高浜虚子
老松の下に天道虫と在り　川端茅舎
肩に来たこの天道虫は原田君　坪内稔典
天道虫飛んでった日の石ころ　工藤恵
水玉を降らして飛んで天道虫　辻水音

蜥蜴　とかげ

蜥蜴みたいな動物の言葉を耳にしたのは、小学校入学する頃の年齢だったような気がする。その動物「かなへび」は言葉としては残っているのに、実物は今一つ曖昧である。蛇よりは親しみやすく、近づいてみたい気持ちもある。しかしその勇気もなく、悪ガキと呼ばれている男の子たちがその動物を追いかけまわしているのを、石が積んである草叢の一角でただ遠巻きに眺めているに過ぎなかったのである。かなへびが蜥蜴の仲間らしいと思ったのはずっと後になってからであった。

父が退職してここ良寛の里に程近い長岡市和島地区に家を求めたのは、もう半世紀以上前の事である。今は妹夫婦の生活の場である。自然の中の生活と言えば聞こえがいいが、蛇や雀蜂もいる狐・狸もやってくる。留守にしてる間に夜狸の盆踊りなどと言う噂も出るくらいである。中越地震や土砂崩れなどで家が歪んだり、山への散歩道が寸断されたりはしたけれども人や動物たちは元気で生き生きしている。そこに思いがけない出会いもある。

ある夏の雨上がりの日の快晴の午後であった。偶然に蜥蜴に出会ったのである。裏口の踏石の所で貌をこちらに向けてちろちろと舌を出している。しげしげと蜥蜴を見詰めた一瞬であった。

もう少し蜥蜴の事が知りたくて、辞書を覗くとかなへび、カメレオンも仲間であることが解った。チョカンギー、誰かの名前みたいである。「経糸を浅黄または萌黄に染め、緯糸を赤く染めた織糸。光線の具合で緯糸の赤色が交差して見え、とかげの色に似る」とこれは蜥蜴色。他に練絹を青みがかった黒色に染めたものと言う説もある。等々。蜥蜴色は高級感があるが、やっぱり本物の蜥蜴がいいなあ。言葉としては「とかげ」が。

この一年新潟へ行く機会はなかった。いま住んでいる関西ではまだ蜥蜴に出会っていない。いやその前にこのマンションの天井に守宮が居るかも知れない。

（長沼佐智）

木の股に居てかんがへてゐるとかげ　日野草城
薬師寺の尻切れとかげ水飲むよ　西東三鬼
なぜかここがいいなと人と蜥蜴来て　中原幸子
地球には隙間の多し瑠璃蜥蜴　土谷倫
晴れですか蜥蜴出ますかすぐ行くよ　長沼佐智

蜻蛉　とんぼ

生まれ変わるなら鉄漿蜻蛉に生まれたい。でも、あら、漢字で書くとずいぶん強そう。平仮名にしようか、おはぐろとんぼ、なんかピンとこない。オハグロトンボ、おはぐろ蜻蛉。羽黒蜻蛉と書いてあることもある。羽が黒いから「羽黒」で間違ってはいない。だけど「鉄漿」の方が色っぽい。しかし真っ黒い羽で体が瑠璃色に鈍く輝いているのは雄なのだ。ならば、雌の鉄漿蜻蛉に生まれて、雄のあの美しさに魅せられたいものだ。

静かなせせらぎの、ちょっとした岩や植物に脚をかけて、翅を休めている姿を思うとうっとりする。思うとうっとりするが、実は何回も見たことはないのである。見た覚えがないわけではないが、彼はせせらぎの上だから近くで逢ったことはない。ましてや触ったことはない。ところが（この文、「でも」とか「しかし」が多すぎる）、憧れの鉄漿蜻蛉は、夏の季語である。川トンボの類は夏の生き物とされているらしいのだ。

秋の蜻蛉と言えば鬼やんま。いかにも、僕は先を急いでいる、といった様子で、そこのけ、そこのけと飛んでくる。ぶつかったら痛そうだ。私は子どもの頃「女の子」だったので、あんまり虫捕りはしたことがなくて、補虫網を振り回した覚えがない。宿題で蝶やトンボをとったことがない。実は昆虫が怖かった。コガネムシが飛んできて腕にでもとまったら私は大騒ぎ。脚の冷たさと鋭利な爪の感触には、気絶しそうだった。

赤トンボだって、畳んだ翅を持ってよく見ると、噛み付きそうな口をしていて怖い。鬼ヤンマに噛まれたら痛いだろうな。虫に触ることが出来るようになったのは、虫愛ずる男と結婚したからだ。

ところで，あまり見たこともない鉄漿蜻蛉を好きになってしまったのは、母の着物、確か絽の着物に、彼「鉄漿蜻蛉の君」が描かれていて、それが子ども心にもとても美しく思われたからだった。

（池田澄子）

蜻蛉や村なつかしき壁の色　　蕪村
から松は淋しき木なり赤蜻蛉　　河東碧梧桐
どうですか蜻蛉になってみてその後　　中島砂穂
赤とんぼ空はひろいね困ったね　　香川昭子
鬼やんま昔と同じ速さで来　　池田澄子

蛞蝓　なめくじ

「あいつ（なめくじ）は、ナイフで切ったって、キリでついたって血も出ない、あれは血も涙もねえやつなんですよ」昭和の名人、古今亭志ん生の自伝的藝談「なめくじ艦隊」の一節だ。なめくじは、ミミズなどと同じ陸貝の種族で、確かに血も涙もない生き物だ。けれど、脳があり、雌雄同体で繁殖していく面白い生き物だ。

「ここ（自分の家）は、なめくじの巣みたいなところで（中略）十センチ以上もある茶色がかった大なめくじが、押し寄せてくる。女房が蚊帳の中で内職していて、どうも足の裏が痛かゆいんで、ハッとみると大きななめくじが吸いついている」古今亭志ん生は、話芸もさることながら、その破天荒な人生でファンを魅了した。大酒を飲んで馬鹿なこともたくさんしたが、憎めない男だった。

貧乏な長屋生活を豊かに生きた。その貧乏の象徴がなめくじのいる自宅だった。

「夜なんぞピシッピシッと鳴くんですよ。なめくじの鳴き声なんぞ聞いた人もいないでしょうな」

私がなめくじに会うのは、葉の裏や外のゴミ箱のうしろで、ぬめっとしてポーカーフェイスだ。噛んだり鳴いたりするとは意外だ。会ってみたいなあ。

なめくじは、雑食で、畑や花壇の作物を荒らす害虫だ。

そんななめくじの面白い駆除方法に、ビールでおびき寄せて溺死さす、というのがある。なめくじは、ビールが好きだ。庭の隅のコップにビールを張って置くと、翌朝、何匹かのなめくじが溺死しているのが見られる。この話を知ったとき、ビールに酔っぱらって溺死というのは、あと先を考えずに飲んでしまう少し馬鹿な男と重なって、微笑ましくなって、なめくじが愛しくなった。大酒飲みで失敗談のある志ん生とも重なった。ただし、なめくじは、ビールの量が少ないと飲み干して、きちんと帰ってしまうというしっかりものだ。なめくじって、なんだか憎めない男のような生き物だなあ。

（衛藤夏子）

五月雨に家ふり捨てなめくじり　凡兆

蛞蝓のながしめしてはあゆみけり　飯田蛇笏

ほんとうは水星生まれなめくじり　コダマキョウコ

君は科学者蛞蝓は哲学者　宮嵜亀

なめくじと内緒の話ほら話　衛藤夏子

蠅　はえ

蠅を見かけなくなった今、蠅の事を考えると、自分の少年時代が思い出された。

田んぼの中に浮かぶ島のように見える、近江盆地の集落で育った。そこでの暮らしには、年中行事になっているものがたくさんあり、真冬以外はたいてい蠅もいた。

節分にはもちろん豆撒きもしたが、柊(ひいらぎ)の枝に刺した鰯の頭がなぜか門口に飾られた。もちろん蠅のためではなかっただろう。八月の終わりにはお寺に集まって、何メートルもある数珠を皆で回す数珠(じゅず)繰りという行事があった。確か百回廻すはずだったが、大抵途中で寝てしまった。数珠の大玉が回ってきたときには「まんまんちゃんあん」をした。大晦日には餅搗(もちつ)き。鏡餅にのし餅、丸餅を作るため、父が何臼も搗いた。水屋と呼んでいた、土間のある台所の竈(かまど)で餅米を蒸した。その時、水屋の中に薄い雲が棚引いて不思議だった。大人になったらあの重い杵で餅を搗くのだと思っていたが、木の臼が割れてしまい、タイガーの餅搗き機に代わってしまった。

蠅が一番多かったのは夏の初めの茶摘みであった。家で飲む分だけのお茶の木は、丸く剪定(せんてい)

してあるわけではないので、一枚ずつ手で摘む。大人は竹で編んだ籠(かご)を腰に付けて摘んだ。子どもは小さなプラスチック製の笊(ざる)を手に持って摘んだ。家族総出でも手が足りないので、毎年「寺内のおばさん」を呼んできた。おばさんは、うちの祖父の妹で、隣の寺内という集落に嫁いだ人だ。うちの祖母とは女学校に一緒に通った仲だった。戦争で夫を亡くされていたとは、後に私が大学生の時、靖国神社で涙されているのを見て知った。一〇〇枚ぐらい摘んでも茶葉は少ししか溜まらず、すぐに飽きると、茶畑の周りを探検して歩いた。茶摘みの時の楽しみはお弁当だった。二匹の大きな青虫のようなお茶の木の間で、茣蓙(ござ)や筵(むしろ)を敷いて皆で食べた。蠅が大勢すぐに寄ってきた。集落から離れた茶畑では人間の食べ物は珍しかったのだろう。

（岡野直樹）

冬の蠅二つになりぬあたたかし　臼田亜浪

歩くのみの冬蠅ナイフあれば舐め　西東三鬼

尾のあれば秋の蠅など払おうか　水上博子

蠅なんぞ飛ばし放題飛び放題　火箱ひろ

蠅がいたばあちゃんもいたお茶畑　岡野直樹

蜂　はち

「お酒を飲むと、蚊に喰われて困っちゃう」というのが普通だが、なぜか私は、ほとんど蚊に喰われない。蚊だけではなく虫に喰われることが少ない。虫除けスプレーというのも、あまり塗布しない。きっとよほど血がまずいのだろう。蜂も同じ。たとえば、山の温泉などに行って蜂が耳元でぷーんと音をたてると、それはまるで歓迎のBGMのように聞こえてしまう。実は、あれは蜂が縄張りを主張してるのだそうで、手で追い払ったりしてはダメ。攻撃をしかけなければ、蜂も刺してこない。そもそも、蜂だって刺したくない事情がある。

「刺す」と言って思い出すのが、蜂の一刺し。ミツバチは、お尻の針を相手に突き立てるが、この針には釣り針のような返しがあって、カラダから抜けないようになっている。無理に抜くと毒針ごと取れて蜂が死んでしまう。つまり「命がけで、相手の致命傷になる行為をすること」で、これを有名にしたのが、今から四十年ほど前のロッキード事件。ある女性の証言が裁判の行方を決定づけ、総理大臣の田中角栄が有罪になった。それ以来、蜂の一刺しは、女性の専売特許のように言われる。

そのミツバチの女王はメス。働き蜂はオス。こう思っていたが、実は女王蜂も、働き蜂もメス。オスは何をするかというと、女王蜂と交尾して優秀な子孫を残す。そのためだけに存在している。時満ちて、ある晴れた日の午後、大空で交尾する。交尾できたオスはその場で死に、できなかったオスは巣を追われ餓死するのだそうだ。ムム、自然の摂理はきびしいね。

もうひとつ面白かったのが、蜂と蟻。このふたつは、別のものだと思われているが、実は、蟻は蜂の一種なのだ。蜂にも翅がないものもいるし。蟻も女王と雄は翅を持ち、結婚飛行を行う。そう言えば、♪赤とんぼ　赤とんぼの　羽根を取ったら　アブラムシ、（清水国明作詞）という歌があったっけ。

（えなみしんさ）

日輪をこぼるゝ蜂の芥子にあり　篠原鳳作

冬蜂の死に所なく歩行（ある）きけり　村上鬼城

泣きそうなハチ飛びそうなチューリップ　坪内稔典

蜜蜂の逆立ち青空は長い　小枝恵美子

羽音して忍者になれぬ蜂の性　えなみしんさ

蝗蝦　ばった

私たちの世代が子どもの頃はＴＶアニメ創生期、戦闘ヒーローもの創生期だった。街にはＴＶアニメに登場するような空き地がまだあちこちにあり、土管があったり、ぺんぺん草が生えていた。空き地は子どもたちの遊び場であり、昆虫たちの棲みかでもあった。草を採れば蝗蝦はあちこちから飛び出し、そんな虫たちと戯れたり、シロツメクサを編んだりして遊んだ。

蝗蝦＝戦闘ヒーローものと言えば仮面ライダーであろう。今でこそ仮面ライダーのシリーズは、線が細いイケメンの青年が活躍する戦闘アイドルドラマの様相を呈しているが、私たちが子どもの頃の仮面ライダーは、バイクに乗っていたり、ポーズを決めながら変身しアクションを決めるいわばヒーローアクションドラマだった。仮面ライダー1号・2号は、悪の軍団から蝗蝦の能力を持つ改造人間にされたヒーローだという。脳改造を免れたため悪と戦うことになった。容貌も含め、なぜ蝗蝦の能力を持った正義の味方という着想を得たのか。その独創的な発想も興味深い。また、仮面ライダーでヒーローを演じた役者さんのおひとりは、のちに自宅の火事という大きな災難にみまわれ酷い火傷を負い、しばらく大変な思いをされていたという。今は役者の活動とともに仮面ライダー時代のファンへの恩返しとして居酒屋の経営をされ、時間の許す限りご自身が店に立って心づくしの料理を振る舞い、ファンとの交流をされているとの事である。

食に纏（まつ）わる話として、昆虫食、蛋白源の螇蚸の話を少し。蝗（いなご）は螇蚸の一種、稲を荒らす害虫である蝗は駆除も兼ねて捕獲され、佃煮などにして食べられていた。私は、子どもの頃近所で購入した佃煮をいただく程度だったが、今も懐かしい気持ちで探してみたりする。が、お目にかかる機会もめっきり少なくなった気がする。

子どもの遊び相手、人類救済のヒーロー、食べられたりもするヒーローいや螇蚸。この素晴しき小さなやつ。 （能城檀）

機織虫（はたおり）の鳴り響きつつ飛びにけり　高浜虚子
秋天に投げてハタ〳〵放ちけり　篠原鳳作
バッタとぶ今日マルの日かバツの日か　須山つとむ
行き当たりばったり歩くバッタ跳ぶ　山本純子
敵倒すときの哀しみ螇蚸飛ぶ　能城檀

蚯蚓　みみず

雨のあと、新天地を求めて、勇躍、元居たところを飛び出して、路上や土の上に出てくる蚯蚓。流れる水に乗り、あるいは濁流の流れに抵抗し、泥の中を奮闘し、溢れんばかりの生命力で突き進む。

しかし、雨は止み、夜が明け、たくさんの蚯蚓たちは、やがて、焼け付く日照りにさらされる。赤黒く、焼かれていく全身。アスファルトには逃げるところはない。雨上がりのさわやかな夜明けの香りの、きらきら輝く朝日の、そして、知らん顔をしたそよ風の、残酷さ。

土の中にもぐろうにもアスファルトは固すぎる。蚯蚓はひりひりと赤茶けて、ただただ、のたうち回る。あるいは、土も日陰もない方向への逃避にならない逃避。熱いアスファルト上の、絶望的な、でも、幽かな夢に彩られた記憶のある、必死の、苦痛に満ちた、見当外れの、よじれるような歩み。そして、その先にあるのは、ただれ、よじれた、ちっぽけな、たくさんの、死。

——私は、まじめに生きてきた。寒さもがまんした。善意と勤勉と、そして、ちょっぴりの夢。土の中の感謝と祈り。生き物を追い回して襲って食べたりはしたことはない。優しく、愚直に生きてきた。ただ、少し、夢を見た。新天地へ、という言葉が心に灯った雨の夜、私は旅立つ決心をし、水に流されつつ、進んだのだった。

そして、今あるのは、光。光ある中を進む苦しみ。ひたすら全身が熱い。乾燥。ただれる痛さ。もはやひんやりとした泥は記憶の彼方だ。粘膜と粘膜の、全身で感じ尽くした交尾の悦びも。ああ、どこかにあるはずの、泥の中の新天地。

進むしかない。けれど、どの方向かわからない。ああ、乾きが体をむしばむ。生きたい。進まねば。苦しい。ああ、ひりひりと熱い、熱い。逃げねば。とどまるわけにはいかない。全身が乾燥してきている。動くたび、えぐれそうに痛い。死にたくない。死にたくない、……。

（森山卓郎）

蚯蚓鳴く六波羅密寺しんのやみ　川端茅舎

朝すでに砂にのたうつ蚯蚓またぐ　西東三鬼

記憶とは蚯蚓あかるく濡れており　中原幸子

君よりも蚯蚓を愛す文化の日　松本秀一

土深く心に夢を蚯蚓寝る　森山卓郎

蓑虫　みのむし

最近、蓑虫を見かけなくなった。四十年程前の子どもの頃にはよく目にしていたが、改めて思い返してみると、近年全く見かけていない。

調べてみると、なんでも九十年代後半に蓑虫に寄生する外来種のオオミノガヤドリバエが九州を中心に増えはじめ、そのため蓑虫の成虫であるオオミノガの生息個体数が激減したせいだとの事だ。現在では絶滅危惧種として扱われている自治体もあるらしい。あたりまえにそこここにいると思っていた蓑虫がそんな状況にあったとは驚きだ。

蓑虫といえば、私は晩秋の風の冷たさと共に思い出す。子どもの頃、家の裏庭には洗濯物を干すための竹竿がかかっており、毎年秋が深まるときまってその竿に蓑虫がぶら下がっていた。山陰地方のじきに厳しい冬がおとずれることを告げるような灰色の空を背に、冷たい風に吹かれるまま揺れている蓑虫は、幼い私の心にしんとした寂しさをもたらしたものだ。

大人になって少しはマシになったというものの、私は人見知りである。初めて会う人や数回しか会ったことのない人の前では、どう振る舞えばいいのか、どんな会話を交わせばいいのか、いまだに戸惑う。さすがに黙り込んだままということはないが、その人のことがある程度わかり、安心して会話ができるまでは相手の様子を探りつつ付き合うため、生真面目で堅いイメージをもたれることが多い。それは、ちょうど蓑虫が堅い鎧を身に纏い、じっとその中に閉じこもって風に吹かれるままにしているような頑なさだ。本当はもっと気さくに人づきあいができればいいのに……と思いつつも、いつまでたっても気持ちの中でのぎこちなさは消えることがない。子どもの頃に蓑虫を見つめていた時に味わったしんとした寂しさと重なる。

（やのかよこ）

蓑虫の音を聞にこよくさのいほ　芭蕉
蓑虫の鳥啄ばまぬいのちかな　芝不器男
蓑虫に青い光を入れてやる　三宅やよい
蓑虫や資料一枚逆に綴じ　おおさわほてる
蓑虫や言い訳ばかり上手くなり　やのかよこ

綿虫　わたむし

「Y野井さん、F川さん、S藤さん、S井さん、スタートです」

チャリリンチャリリン。ステンレスの棒の音。

ジュジュジュジュジュジュ……。お湯がわく。

カーン。二組目の二打目。

「キャンセル待ちの××さん、××さん……」

四組目。〈スタート申込書〉に受け付け時間を赤で入れる。三組目が出た。

カツーン。チェック。S木さん（敬）が、何番目か聞きに来た。ゴルフ場の朝である。

「あのおばちゃんはやめたの……」キの6番。カーン。

「どーかな?」「いまティーを入れて四組。前だおしだし、入れてもだいじょーぶだよ」

カートを引いて四人が出てゆく。いい天気。日曜日。富士山は……。

三時ごろ起きる。五時十九分の電車にのる。A草橋からK田まで、デパちゃんといっしょなのだ。キの12、18番を転記。ゴリゴリゴリ。えんぴつをけずる。カーン。

タイコはダラブッカ。汗をながし、ひげをそる。まっ暗な道をチャリンコがゆく。8番。「ファー」「ファー」「ファー」

風にゆれている。すこししおれた桜の葉。つつじは見事だと教えてくれた。三ヶ月半がたった。七月一日。あじさいのおわりごろ。そして、きょうちくとう。シャカシャカシャカ。ボール洗い機。ＳＲＩＸＯＮ。しょうりょうばった。

「そちらにK代さんいます？　声かけて欲しいの」

もらい泣きだってしてくれた。あれはM蔵小杉……。じぇじぇ！　ユナのパンチラ。かに。〈お食事処〉ののぼり。母は北海道旅行。カーン。そこでは、秋の雪がまうという。綿虫……。やっとおしっこだ。

たまがわなしをつまむ。


（桑原汽白）

雪虫の飛ぶ廟前の木立かな　河東碧梧桐
雪虫のゆらゆら肩を越えにけり　臼田亜浪
綿虫の三粒に会って戻ったよ　坪内稔典
さよならは簡単綿虫をつかむ　谷さやん
わたむしはてつじん28ごー　桑原汽白

守宮　やもり

密閉された息苦しい空間。午前二時のフロアは無機質なのにどこか甘いテクノの機械音で満ち、天井高く吊るされたミラー・ボールは断片的な光で踊る人々を照らし出している。ある女は頭を振り乱し、ブース手前にいる男は両手を挙げたままひょろひょろとしたステップを踏んでいる。

「ねえ、あなたってとびっきり守宮みたいね」

バーカウンターの隅で壁にもたれながらバーボン・ソーダを飲んでいた僕に、いきなり女は声をかけてきた。ロング丈のノースリーブにレギンスパンツを穿いた、二十代前半くらいの女だ。「守宮?」反射的にそう聞き返すと、すかさず「そう。ヤ・モ・リ」と女は顔を近づけながらいった。急に顔を近づけてきたので、女の香水の匂いが勢いよくこちらまで届いた。柑橘系の香りだ。「とびっきり?」続けざまに聞き返す僕には女は何も答えず、ウエハースみたいな微笑みを口元に浮かべただけだった。

「守宮ってなに?　どういうこと?」

「家の窓とかに手足からお腹までへばり付けてしばらくそこから動かない、渇いた色したヤツよ。あなた守宮知らないの」

「いや、守宮がどういう生き物かってことじゃなくて、」僕がそう言いかけると、大きな歓声がフロアから起きて僕の声を飲み込んだ。ＤＪがフロアを煽っていた。「えっ？　なに？　ぜんぜん聞こえなかった」彼女は目を丸くして真っ直ぐにじっとこっちを見つめている。なんだか自分がひどくつまらない男に思えてきた。

「みんな守宮なのよ。ここにいる人たちみんなみんな守宮。干からびそうなくらい渇いてても瞳をウルウル潤ませて、張り付いたみたいに踊るのよ」

呆気にとられ、何も答えられないでいる僕の腕を彼女はいきなり強く引っ張った。「行こ」僕らはそのまま外に出た。

（山本皓平）

颱風や守宮は常の壁を守り　篠原鳳作
定位置に夫と茶筒と守宮かな　池田澄子
守宮来て糠床混ぜる我を見る　杏中清園
祈れ夜にやもりは踊ることにした　山本皓平

水にいる動物たち

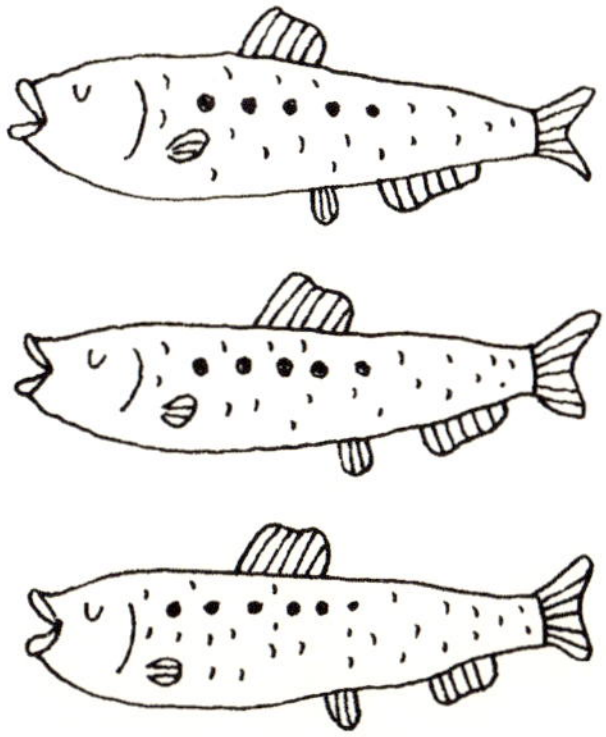

浅蜊　あさり

潮干狩りで浅蜊を掘ってきた夜は、砂を吐かせるため大きな鍋に浅蜊を入れ、塩水を張り、台所の隅に置いておく。

しばらくすると幽かにカタ、コトと音がし始める。

わたしには、浅蜊が長旅から目覚め「おや、ここはどこ?」「どこ?」と言いあっているように聞こえる。

塩水に浸かり、うすく貝殻をひらくと濃厚な海水が混ざってくるのが見える。

やっと家中寝静まると、貝たちは、みんな目覚めてカタリ、コトリが続く。そのうち、ちゅっとか、ぴゅっとか汐を吹き始める。「あーやれやれ、ちゅっ」「大変な一日だった、ちゅう」「砂でも吐いてやろ!　ぴゅぴゅっ」夜中じゅう台所で、浅蜊たちはにぎやかだ。

カタリ、ちゅっ、ぢゅうー、コトリ、ぴゅっ。

夜が明けると、そこらじゅう濡れている。敷いていた新聞紙を飛び越えているのもある。きっと汐の飛ばしっこをしたに違いない。

だけどもう今日は、食べるに徹する非情の世界。

シジミのような一筋さんでもなく、ハマグリのような華やかさもなく、浅蜊のエライところは、和食でも洋食でも地味に馴染むところだ。

とりあえず朝は味噌汁。夜は大好きな酒蒸しといこう。しかし嵩のわりに身は少なく、お腹一杯にもならず、浅蜊がメインというわけにいかない。あくまで二番手とか締めに甘んじる。熱々の山盛りの酒蒸しをせっせと啜っていて、砂の残った貝を噛むと、それまでの高揚感が一気にしぼむ。浅蜊を食べるのは、ロシアンルーレットみたいな危険性をはらむ。三ヶ月くらい浅蜊嫌いになる。

でもあの汁の旨さは、縄文時代から遺伝子にしっかりと組み込まれており、性懲りもなく、またしても無性に食べたくなるのだ。

（火箱ひろ）

月さびて露が降る夜の浅蜊汁　　広江八重桜
浅蜊汁洋燈臭しと思ひけり　　久米正雄
蓋をして浅蜊あやめているところ　　池田澄子
土踏まず摩れば浅蜊舌を出す　　須山つとむ
浅蜊にも裏や表や星月夜　　火箱ひろ

水馬　あめんぼう

俳句仲間との吟行で、たまにアメンボウに出会うと、その周りにひとり、ふたりと寄ってきていつのまにか人のかたまりができる。アメンボウはきっと俳人をくすぐるのだ。みんなで覗いて楽しんでいる。

そのアメンボウ、「水馬」と書き、みずすまし、水蜘蛛、川蜘蛛とも言う。体長五ミリから二センチほどの細長い半翅目アメンボ科の昆虫で水面に浮かぶ小さな昆虫を捕食する。歳時記には飴のような匂いがアメンボウの名の由来、などとある。子どもの頃は雨上がりの水たまりや小川の水面を、六本の長い脚で跳ねたり、スイスイと滑走するアメンボウを見かけた。が、触れたことはなかった。表面張力で水面に浮き、体全体に微毛が生え表面は油性の物質で覆われており水をはじくらしい。

そういえば、先日、わが家の本棚の隅っこに『漢字に強くなる本』を見つけた。漢字をめぐる暮らしの事典とある。家庭の総合事典という感じだ。平成五年発行といえば二十年位前だ。たぶん、重宝すると思って買ったはず。でも何故か読んだ記憶がない。何故か気分的に今が出会い時なんだと思うことにした。それにしても身近な動植物、天文気象、年中行事には季語が盛り沢山。さらに冠婚葬祭、難読漢字、故事・ことわざ語源など漢字の項目が色々並んでいて面白い。なかでも「幸運をひらく名前の漢字」のページは興味深く読んだ。

「漢字の虫」のページには「水馬」もちゃんとあった。解説には淡水にすむものと海水にすむものがあり、種類は四〇〇数種、日本では十数種いるとある。その前後には蜉蝣（かげろう）、鉦叩（かねたたき）、竈馬（かまどうま）、玉虫（たまむし）、螻蛄（けら）、源五郎（げんごろう）、斑猫（はんみょう）などなにやら昭和的情感の濃い漢字の虫たちがいっぱいだ。

数年前の旅の途中、軽快になんの屈託もなさそうに滑るアメンボウにうっとりしたのは、見事に咲く睡蓮の池だった。この本棚で眠っていた漢字の虫たちとも出会えたらいいなと思うこの頃。

（藪ノ内君代）

水すまし水に跳て水鉄の如し　村上鬼城

水馬ひよん〳〵はねて別れけり　大須賀乙字

みずすまし恋の勝負は素潜りで　山本直一

あめんぼう水を掴んで瞑想す　北原武巳

慕情という空の色だねあめんぼう　藪ノ内君代

烏賊　いか

子どもが小さかった頃、鉄腕アトム、ゴジラ、恐竜などのおもちゃが流行していた。高いおもちゃは買ってやれないので、紋甲烏賊の甲をきれいに洗って、舟や魚にしてビニールのプールでよく遊ばせていた。湯船にも浮かばせていた時もあった。烏賊は私の店でもよく使っていた。紋甲烏賊はさしみ、天ぷら、饅和えなど。烏賊の塩辛は自家製が美味である。烏賊は干して食べるのが多いんじゃないかなあ。スルメイカの徳利、さきいか、のしいか、スルメイカの天ぷらなど、みんな好きだ。

田舎育ちの私は、学校の弁当にスルメイカを焼いて醬油にからめ、ごはんの間にはさんだ。昼頃にはスルメはやわらかく、醬油もご飯にしゅんでおいしかった。冬はストーブの上に弁当箱を置くと匂いがするので、男の子にからかわれ食べずに、帰り道の畔に座り込んで食べた思い出がある。

中学生になると、分校（分教場）から本校に通学する。五キロメートルほどの距離だが、その内の二キロメートルは山道を歩く。放課後の帰り道では、茱萸（ぐみ）や椎（しい）などの木の実を食べたりした。秋は日暮れが早いので、芒が揺れているのがとても怖かった。冬はつららが、あちこちに垂れていてカリカリポリポリ。

そうそうスルメといえば、もう一つ楽しいことが。

学校の帰りのこと、家の近くで、仕事を終えた大工さんが二、三人焚火をしていた。さつま芋じゃなくてスルメを焼いていて、とてもいい匂いがした。それをおつまみにして、お酒を飲んでいたのだ。通りかかると、いやいや通りかかるというよりも、みんなでスルメをもらいに行った。家に帰ると父親が「何か匂いがするなあ」と、にやり！

今はスルメが高くなったので、なかなか口に入らない。

（平きみえ）

裏木戸は烏賊の墨浮く潮かな　芝不器男

花烏賊の腹ぬくためや女の手　原石鼎

純粋な青でゐると決めた烏賊　山本たくや

槍烏賊をつまむあいつは平和主義　長谷川博

あら烏賊が縮んでちぢんで新走り　平きみえ

磯巾着　いそぎんちゃく

磯巾着と云うと、珊瑚礁あたりでクマノミが共生しているのを容易に想像するが、僕の記憶は少年時代まで遡る。

海辺で育った僕は、水の微温んできた春の大潮の頃、干潟へよく潮干狩にでかけたものだ。干潟には大小幾つもの潮溜りができていて、そこには結構磯巾着が岩場にこびりついていた。あの触手は不気味で、素手ではなかなか触れない。アオサで覆われた潮溜りなど、アオサを取り除いた時に現れた磯巾着に出合すと一瞬だが怯む。今でも思い出しただけで怯む。小石を押し付けて苛めた事もあったか。

その磯巾着は潮溜りには必要で、磯巾着とその仲間たちが楽しい。「どんこ」と呼んでいた五センチ程の魚や宿借り、海鼠（なまこ）に海星（ひとで）、そして小さな海老のようなものに貝もいたな。船虫も回りにうようよいた。その他にも色んな小動物がいた。潮溜りは自然の生きた教材といえるなあ。

さて、潮干狩りだが、浅蜊を目当てに行くのだが、今のように浅蜊の種を蒔くという事はなく（一部にはあったかもしれない）天然物だから、籠一杯にはほとんどならない。細々と時間を掛けて籠を満たしてゆくのである。だから浅蜊一つ一つが貴重なのだ。

近所の人たちと出掛けた時の事である。黙々と磯を掘っている時、特大の浅蜊を僕が取ったのだ。僕の心は弾んだ。しかしその弾んだ心も萎む事になる。しばらく掘っていて籠を覗くと、さっき取った筈の特大浅蜊がないのだ。あたりを見回して判った。隣で掘っていた近所のお姉さんだ。お姉さんの籠の中に僕の浅蜊が入っているではないか。遣られたと思った。でも「その浅蜊は僕のだ」と言う勇気もないし、「これは私が取ったのよ」と言われればそれまでだ。このお姉さんは情け無い人だと思った。今願うのは、その時の干潟の磯巾着がその事実をしっかりと受け止めていただろうという事である。

（東英幸）

落日のいそぎんちやくはなにつぶやく　富沢赤黄男

多分だが磯巾着は義理堅い　坪内稔典

別れた日いそぎんちゃくを見ていたの　寺田良治

磯巾着洗濯物のよく乾く　東英幸

海豚　いるか

海豚と言うと、ショーでのスマートさ。スピード感あふれる美しい泳ぎ。極め付けは華やかなジャンプ芸であろうか。もっとも今風ならば、「わっか」を夕バコの煙のように吐出すひょうきんな白イルカの愛らしさを語るべきかも知れない。

ところが、二十年以上も前であったろう。白いイルカを見たのだ。はっきりと記憶しているのではない。幻のように、記憶の底から神秘的な白い姿が浮かび上がってくるのだ。しかも当時、その動物が海豚であったことなど思いもよらなかった。

そのことをかみさんに話すと、

「白イルカ？　全く憶えてない」と、そっけない。一刀両断である。イルカショーのスマートさや、華やかなジャンプは憶えているとのことである。

その動物は、スマートでも華やかでもなかった。ジャンプをしていたわけでもない。ましてや、最近人気になっているように「わっか」をひょうきんに吐出していたわけでもない。只、静かに水槽の中にいた。
彼は「ベルーガ」と呼ばれ、鯨のように大きかった。
遠い記憶とは不思議なものだ。脈絡を持ってストーリーのように蘇るのではない。脈絡のない破片のような印象が蘇ってくるのだ。印象が無意識にデフォルメされるのかもしれない。瘤のある頭。平べったい嘴のような鼻。青い水槽。そして白い巨体。その神秘な動物が海豚であったことを知ったのは後のことである。私にとって海豚とは、そのように神秘なのである。ところで、「汽車を待つ君の横で　ぼくは時計を気にしてる　季節はずれの雪が降ってる……　今　春が来て君はきれいになった　去年よりずっときれいになった」(伊勢正三作詞)と、歌うイルカさん。愛らしく神秘的である。実は私、彼女のファンでもある。

(岡本亜蘇)

海豚とぽりとぽりと春の海暮るゝ　幸田露伴
噴煙を知らねば海豚群れ遊ぶ　篠原鳳作
腹ばいの春のいるかがきておりぬ　三宅やよい
冬うららか海豚一生濡れている　池田澄子
ベルーガや破片のように曼珠沙華　岡本亜蘇

鰯　いわし

出窓のあるカウンター席がお気に入り。

さあ、鰯のアリアを作ろう。まずは鰯と遊んでから。

群れをはぐれた鰯はどこ？

マンタの背中、クラゲのＵＦＯ、巻貝の奥、サンマの群れ、潜水艦を追跡中。

群れをはぐれた鰯はどこ？

金子みすゞのてのひらに、魯山人の皿の上、江戸前にぎりの樽の中、スマホの液晶画面にも。

群れをはぐれた鰯はどこ？

魚座、だまし絵、ピカソの壺やクレーの食卓、ヘブンリーブルーのカーテンに。

群れをはぐれた鰯はどこ？

しらすにいりこ、目刺につみれ、アートのようなたたみいわし、キーホルダーやピアスにも。

群れをはぐれた鰯はどこ？

大平洋から大西洋、地中海からベーリング海。サーディン、アンチョビ、アンチョビータ群れをはぐれた鰯はどこ?

iwashi@mint.ocn.ne.jp、気球、オカリナ、弦の月、魚検定テキストに。

ニシン目ニシン科マイワシ、ウルメイワシ。ニシン目カタクチイワシ科カタクチワシ……あ
あ、頭の中で、イワシがぐるぐる回り始めた。イワシ、イワシのリフレイン……と、目が覚め
た。窓いっぱいに鰯雲。

聞える！　鰯のアリア。

「ご注文は?」

「ブロッコリーとアンチョビのピザ」「春菊とサーディンのペペロンチーノ」

「あ、鰯のアリアを、一曲」


（コダマキョウコ）

日の光今朝や鰯のかしらより　蕪村
鰯引き見て居るわれや影法師　原石鼎
この秋も僕は抒情的鰯　坪内稔典
美しい鰯美しくない鰯　三輪立
群れをはぐれた鰯は君の胸の中　コダマキョウコ

鰻　うなぎ

子どもたちの遊ぶ清流の水底には鰻の稚魚が泳ぎ、前夜に仕掛けられた竹筒の中からは何匹もの鰻が吐き出された。夜になると懐中電灯と専用の鋏で鰻を鋏みに出かける者もいる。六十年程前の夏の風景は思い出せるのに不思議と鰻を食べた記憶はない。

野良仕事や父の為に頻繁な宴席の一切を自宅で取り仕切っていた母は手間のかかる鰻の調理までは手が回らなかっただろうし、祖父や父が鰻をさばいたり焼いたりする姿を見た事もない。今も昔も食としての鰻には縁がないが、私には鰻の知り合いがいる。

名前は遊太、名前の割には歳を食っているらしいが正確な年齢は知らない。彼は徳島県海陽町母川出身で、十年程前までは町立のうなぎ資料館にいたが、施設が老朽化と赤字で閉鎖されたので近くの宿泊施設に移動した。

実は遊太は体長一・五メートル、胴回り四十センチメートル近くある大鰻で日本でも限られた地域に棲む天然記念物である。「人間国宝みたいなもんよ」と言う国宝様は宿泊施設「遊遊ＮＡＳＡ」で広報係として第二の人生を送っている。「天下りの嘱託みたいなもんよ」らしいがその嘱託様、数年前に苦楽を共にした仲間を失ってからはめっきり気力も衰えてきたようだ。当たり前だが長々と横たわっているものだから、「気楽なもんや」と心ない言葉を浴びたりもするが、過去の経歴にはこだわることもなく自身の立場は心得ているとみえる。「当宿は先ず名前からしておしゃれ、ヒューストンへ行った気分になれるかどうかはともかく、リーズナブルな料金と美味しい食事に一流のおもてなし、その上温泉もあり、ついでに言うと小高い山の上にあるので防災上安全である」と宿の広報係としては完璧。

月に一度は遊太に会う為に太平洋の波に洗われる美しい海岸線を走る。（今城知子）

堰口や毛見を尻目に鰻掻き　内藤鳴雪
浅草の鰻をたべて暑かりし　臼田亜浪
鰻丼の高騰人生一大事　折原あきの
パンパンと拝んでそれから鰻屋へ　中島砂穂
故郷や月夜の鰻が空渡る　今城知子

海胆　うに

海の生き物。いわゆる「一番はじめに食べた人はすごい！」ものたちの仲間である。海岸や水族館で生きたものに出会う機会も多い。一緒に写真を撮ったりすることだってある。人とウニは親しい間柄なのだ。それはそうなのであるが、たいていの人は、「ウニ」と言うと、あっ、あの「すし」のと言う。たいていの人にとって、ウニは生き物というより食べ物なのだ。もちろん、私も、そのたいていの人のうちのひとり。

それにしても、日本人ほどウニ好きの民族はいない。日本は世界一のウニ消費国なのである。ウニに関してはなかなかうるさい。通なのだ。でも、と思う。ウニと言えばすし、などと、常々気軽に口をついて出るほどだから、日常的にしょっちゅうウニを食べているかというと、少なくとも私については、そんなことはない。口にしたことは数えるほど、特別な食べ物なのである。

その私が、「利尻・礼文に行くんですか。じゃあ、絶対、ウニ丼食べてきてくださいね」と、送り出され、はるばるやって来た。礼文島である。折からエゾバフンウニの季節。『学研の図

鑑 水の生き物』にだって、食べられるウニには「食べられる」とだけ記されているが、バフンウニだけは「おいしい」とある。その、バフンウニの仲間のエゾバフンウニなのである。ようし食べるぞ、とフェリーターミナル近くのお店を覗く。いくつか覗く。が、どの店も順番待ち多数。ともかく、そのうちの一軒、「武ちゃん寿司」で名前を書いて待つことにする。

ウニ丼を待つ間、つらつらと思う。漢字で「海胆」と書くと、これはもうどうしたって海のフォアグラだなと。塩漬けされたものに使う「雲丹」だと、字面のふわっとよろしき風情。ひらがなの「うに」なら、あのとろけるような食感。そして、何はともあれ、ウニは季語なのである。春の磯の香たっぷりの。

と、「お待たせしました。野本さん、どうぞ……」。

（野本明子）

ぬくめしに雲丹をぬり向き合つてゐる　種田山頭火
生雲丹や舌に解け行く酒の味　青木月斗
待たされて海胆の動くを見るばかり　ふけとしこ
腹割って話そう海胆割って食べよう　富澤秀雄
じつはねとふっと言い出しそうに海胆　野本明子

蟹　かに

蟹の姿・かたちはユニークだ。甲羅とハサミ、それに横向き歩行。前向き歩行の種類もいるらしいが、ユーモラスなのだ。

子どもの頃、海へ行くと泳ぐだけではなくて砂遊びをし、蟹を眺めていた。好奇心の強い積極的な子どもは蟹をつかんでは、声をあげて喜び楽しんでいた。臆病な私は、ハサミで傷つけられるのがこわくて声をひそめて観察していた。小さな蟹が好きだった。今もその影響か「カワイイ」と言われるものが大好きなのだ。

この蟹は、広辞苑で調べると世界で約六〇〇〇種、日本で約一二〇〇種もあるそうだ。小さな蟹から大きな蟹までいるわけだ。大きな蟹は水族館でお目にかかれるのだが、最近の巨大水族館では、シロクマやジンベイザメなどの人気者がいて、蟹は少しさみしそう。

蟹といえば、日本では「猿蟹合戦」の昔話まである。私はその話を「さるとかに」というような題で書かれた絵本を読んでいた気がする。ずる賢い猿と気の毒な蟹。蟹の子が臼・杵・蜂・栗の協力で殺された親蟹の仇を討つ話だ。要領のよくない私は、蟹の立場で絵本を読んでいた。そんな私であるが、大人になると蟹を平気で食べていた。その美味しさは格別だからだ。北海道へ旅行へ行った時の蟹の新鮮な甘さは、旅の景色と共にいまだに思い出す。蟹を一緒に食べた人のことは忘れないのだ。多分、皆で笑顔で食べ、しあわせな時間を共有したからだ。

西洋占星術の十二星座の中にも蟹座があるのだ。星占いによると、蟹座生まれは、蟹の堅い甲羅とハサミから、地域や家庭を守り、器用な人が多いそうだ。蟹のハサミは、五対の歩脚のうちの第一対である。きっと進化と努力のシンボルだ。なぜか私は、蟹座生まれである。蟹座生まれの良さをいまだ発揮できていない。蟹座生まれのラッキーポイントは海辺だそうだ。蟹に会いに海辺へ行かなくては。

（三池しみず）

日盛りや汽車道はしる小さき蟹　泉鏡花

あゆみさりあゆみとゞまる夜の蟹　飯田蛇笏

ママンが死んだカニが集団疎開する　本村弘一

さわさわと沢蟹がゆく少年期　木村和也

初恋のひとと秘密の蟹さがす　三池しみず

亀　かめ

これは知人の飼っていた亀の話。

ある日、ベランダの亀は幸せそうに日向ぼっこをしていたが目を離したすきに亀はのそのそ歩きだし、マンションの三階から落下した。命は取り留めたけれど、甲羅は真っ二つに割れた。慌てて獣医さんに駆けこんだら医師は甲羅にテープをぺたっと貼って治療を終えたそうだ。

甲羅が割れることは案外あるそうで、そのときの治療方法は接着剤でくっつけることだという。これは、甲羅に覆われている柔らかい部分を感染から守るためなのだそうだ。が、知人のお母さんは、テープを貼られるしか方法のなかった亀がかわいそうで、泣きながら帰ってきたという。でも治療の甲斐なくその亀はしばらくして死んでしまった。亀の急所は甲羅ということなのだろうか。

また別の釣り好きな知人の話。

釣りをしていて魚ではなく、亀を釣ってしまったらしい。いきなり緑色の液体を吐いて暴れ出したので、釣り針を外して放してやったら、ものすごい勢いで走って逃げていったとか。普段からは想像できないスピードだったようで、もしかすると兎と競争したら本当に速いかもしれないと思ったそうだ。

いろいろ亀について話を聞いたので、できるだけ元気な亀でいるために、どんな物を与えるのがいいのか、餌を調べてみることにした。人参、南瓜、小松菜、林檎、バナナなどの野菜や果物を摂るといいと書かれていた。塩分の摂りすぎに気をつけるように、とも。栄養バランスの良い餌が亀にも必要ということらしい。特に小松菜は、野菜の中でもずば抜けてカルシウムが豊富だ。カルシウムは、骨や歯の形成にかかせないし、免疫力低下の原因となるストレスを和らげる効果もある。

さて、わたしは今夏、免疫力をつけるために毎朝、特製ジュースを作っている。お勧めは、牛乳、オレンジ、バナナに小松菜を加えたスペシャルジュースである。

(藤田亜未)

銭亀や青砥もしらぬ山清水　蕪村

亀の居て破れ蓮の水うごきけり　日野草城

亀が鳴くそんな条件呑めますかって　芳野ヒロユキ

釣り上げた白夜の月を亀にやる　東英幸

厚切りのバウムクーヘン亀鳴きぬ　藤田亜未

鯨　くじら

鯨が空を飛んでいた。

親子五頭で飛んでいた。

ウワサには聞いていたが、実際に飛んでいるのを見たのは初めてだ。

捕鯨禁止以来、海のなかでは、鯨が増えすぎたために最近少しずつ空を飛びはじめたらしいのだ。

親鯨に仔鯨がじゃれついて実に楽しそうで、見ているこちらまで幸せを感じてしまう。

その鯨が飛んでいる下の淀川を見ると、別の鯨一頭が泳いでいた。

海にいる鯨が、空飛ぶ鯨に弟子入りして、空を飛ぶコツを教えてもらっている話も聞いたことがあるが、どうやらこの鯨がそうらしく、バタバタしているのがなんとも健気だ。

一日も早く飛べるようにがんばってほしいものだ。

そうこうしている間に、鯨御一行が毛馬閘門（けまこうもん）に近づいて来た。この毛馬閘門のすぐそばには、俳人与謝蕪村の句碑が建立されている。

ちょうどこの真上を伊丹空港へ向かう飛行機が着陸体勢をとり降下してきた。

飛行機が気になってしょうがない仔鯨に急かされて、親鯨も伊丹空港へと北上しはじめた。

そして見えなくなった。弟子鯨はおいてけぼりだ。

かなり待った。

やがて川下から一頭の海豚が近づいてきた。どうやら弟子鯨を迎えにきたらしい。

この海豚も空飛ぶ鯨の弟子らしく、まだまだ飛べそうもないおおきな弟子鯨をやさしくなだめながらゆっくりと河口へ泳いでいった。

それにしても、さっきの海豚は一〇〇人前はありそうで、鯨より美味しそうだった……。

ゆきあいの空がすてきな大阪の出来事だ。


（金成愛）

暁や鯨の吼るしもの海　　暁台
曳き上げし鯨の上に五六人　　内藤鳴雪
雪ふわり鯨の墓へ行きましょか　　坪内稔典
ハーモニカを吹いて鯨を呼び寄せる　　富澤秀雄
虫すだく鯨の弟子は飛べません　　金成愛

鯉　こい

まだ駆け出しの頃、出張宴会に借り出された。ホテル料理を館外の会場にお届けするのである。

長い急な階段を登りうっそうとした木々を抜けると、その屋敷はあった。扉を開けるとモダンな広間が現れた。コンクリートと木が調和した床に細長いガラスがはめ込まれ、驚いたことにそのガラスは川なのであった。その中を一群の鯉がゆっくりと泳いでいる。しばらく見ていたかったが、慌てて先輩たちの後を追った。

何回かの階段の往復を終えて、ようやくワゴン車に戻った時、忘れ物を取りに行くように言われた。宴が始まるにはまだ間があるらしく、中はひっそりとしている。探しあぐねているうち、奥の小部屋からわずかに光が漏れているのに気が付いた。おそるおそる扉を開けてみた。

はっと息を呑んだ。金屛風がしつらえられ、洋風の豪華な椅子に一人の女性の姿があった。黒髪に大きなリボン、そして鮮やかな緋色の振袖を纏っていた。私に気づき、顔を上げた。女性というにはまだ少し早い、どこか少女の面影を残したその顔は美しかった。素肌は白く、その黒く大きな瞳には涙が滲んでいた。

「そこで何をしているのです！」背後から叱責が響く。慌てて用件を告げる。（いったい、あの娘は何？）（これから何が始まるの？）様々な思いが交錯する。動悸が収まらなかった。

広間を抜けようとした時、あのガラスの川に一匹の大きな鯉が悠然と現れた。さっきの少女と同じ緋色だった。

初夏のある日、K川に繰り出した。遊歩道が水面すぐ近くにあって、せせらぎの音が心地よい。突然、バチャバチャと大きな音がした。何かが激しくのたうちまわっている。野鯉であった。大きな個体が二匹、狂おしく睦び合っている。大きく眼を見開いて。

ふと、あの時の少女を思い出した。ひどくいけないことのようで、私はかぶりを振った。


（おおさわほてる）

夕立にうたるゝ鯉のかしらかな　正岡子規
寒の鯉金輪際をうごかざる　川端茅舎
鯉あらい吉野の夜気は幾重にも　佐々木峻
鳥になった奴もいるんだ四月の鯉　くぼえみ
鯉睦ぶうなじくすぐる風と指　おおさわほてる

山椒魚　さんしょううお

夕暮れ時、旅館の玄関に現れた息子はどろどろの出立ちだった。五年前の年の暮れのこと。翌年の夏に結婚を控えた彼は、職場での新分野開拓の指令を受け三重県へ引っ越した。新しい農業のかたち、水耕栽培を始めていたのだ。仕事を終えた彼が合流する家族旅行だった。

そういえば、初めて山椒魚に出会ったのはこの旅館に隣接する日本サンショウウオセンターだった。景勝赤目四十八滝の入口にあり、日本唯一の両生類専門水族館である。サンショウウオは「生きている化石」と呼ばれる稀少動物で、特別天然記念物に指定されている。約三〇〇〇万年前の化石とほとんど変わらない姿というからすごい。通称ハンザキ。半分に裂いても生きているというのだが、本当だろうか。

改めて、今年この日本サンショウウオセンターを訪れた私は、推定年齢五十歳以上、趣味はジャグジー好きと書かれた山椒魚の「くすくすちゃん」の水槽の前に立った。確かにくすくすっと笑っているようにも見える。苔が生えたような身体。動かない。「くすくすちゃん」と、二、三度呼びかけてみたが、やはり全く動かない。

「山椒魚は悲しんだ。彼は彼のすみかである岩屋から外へ出てみようとしたのであるが、頭が出口につかえて外に出ることができなかったのである」これは、井伏鱒二の短編小説『山椒魚』の冒頭である。そこに描かれた山椒魚の姿は、観念や自意識の肥大化した現代人の姿の象徴だと言われている。とするならば、私たちはそれぞれ「山椒魚」なのだろうか……
　翌朝、息子は仕事場へ出向き、夫と私は赤目四十八滝へ行った。私たちは白い息を吐きながら滝の道を歩く。親の手を離れ勝手に育ったような息子の成長が、こそばゆいような面映ゆいような。こみ上げてくる嬉しさと一抹の寂しさとを噛みしめながら歩く。その時は建物が閉鎖の時期で、山椒魚に逢うことはできなかった。

（村上栄子）

山椒魚ついつい山椒魚を産み　池田澄子

祖父は笑い父は黙するはんざき譚　佐渡美佐子

神様のちょっと変身山椒魚　村上栄子

栄螺　さざえ

父方の田舎が淡路島でお墓参りの帰りに食べたのがおそらく初めての栄螺体験なのだろう。当時は明石海峡大橋もない時代ゆえ神戸から船で洲本港へ渡ったと思う。

お墓参りは子どもにとってそう面白くも楽しくもないけれど家族の行事として参加せねばならぬ義務みたいなものなので（ご先祖様には怒られそうだが）ああとりあえず今年もやることやりました、栄螺の壺焼きの屋台が出てるね、食べようか～みたいな親たちのノリで、両親と私と弟も買い食いすることになるのだった。栄螺と淡路島のお墓参りはこうしてセットになっていた。

少ししか食べるところがないのにやけに高いよねぇと子ども心に思ったが、醤油のこんがり焦げたあの良い香りには家族全員抗えず、一人一つずつ頂いたと記憶している。お墓参りだけの用事で訪れていたので、海で泳いだこともないし何か特別に楽しい田舎ならではの思い出もなく、帰りの船が出るしばらくの間、家族で栄螺の壺焼きを食べていたあの少し気怠いような気分を記憶の箱から引っ張り出してきた。

栄螺は食べる前が一番わくわくするものではないかと思う。食べ始めるとあっという間に終わってしまうそんな食べ物。いやそもそも貝がそういうものかもしれない。あっという間だからフランス人はあんなに生牡蠣を食べるのではないだろうか。
栄螺の先端の例のうんち状の腸部分を食べられるようになったのはいつのことだろうか。小学生低学年の頃は、まだ母に食べてもらっていたような気がする。中学生の時はさすがに大丈夫だったのではないか。この苦味がわかるなんて大人になったものだと得意だったのを思い出す。海のない長野県に住んでいるので栄螺を食べる機会がめっきり減っているのが残念だ。お墓参りに行かねばならない。そして壺焼きを頂く。黄金のセットが私を待っているのだ。

（津田このみ）

海凪げるしづかさに焼く栄螺かな　　飯田蛇笏
物憂けに獨り榮螺のうなだるゝ　　尾崎紅葉
さざえ焼くつぶやきだけで終わりたくない　　金成愛
焼く前の栄螺がうごく焼くときも　　小西昭夫
大いなるものに海山焼栄螺　　津田このみ

鯛　たい

鯛にもいろんな味がある。私の人生と鯛の物語。

まずは鯛めし。まだ独身だった頃、「料理の〆を飾る鯛めしはご飯の一粒一粒がぴんと立った銀シャリに鯛が乗っている絶品」という街角情報誌の広告に惹かれて、仲間数人と訪ねたお店で食べた。土鍋の蓋を開けると、ふわーっと湯気があがり、現れた横たわる桃色の鯛とぴかぴか光るご飯の眩しいこと。鯛の身をほぐしつつ、ご飯を切るように混ぜる。茶碗に盛った鯛めしを口に運ぶと、鯛とご飯とだしの絶妙な協奏曲。ああ、生きててよかったねと友だちとおしゃべりした。

長女のお食い初めで食べた鯛の塩焼き。その日はじいじ、ばあばもやってきて、春を待って少し時期を遅めにしたお宮参りもした。お食い初めは家でゆっくりしようとお宮参りの帰りに魚屋で買った鯛は、とても立派な姿形で家のグリルで焼くにはもったいないくらい。私の料理の腕は全く振るわなかったけれど、みんなでわいわい言いながら鯛をつつき、私は初めての子どもをよくぞここまで育てたな、産んだときは真冬だったけれどもう春だななんて思いながら、鯛のほのかな甘みをしみじみと味わっていた。

家族で時々訪れる魚料理の美味しい居酒屋で食べた金目鯛の煮付け。たまたま行ったその日のおススメの一品だった。出てきた金目鯛は濃口醤油で煮付けられていたけれど、美しい紅色は失せていない。一口運んだときの二女の驚きの目は、金目鯛の目と同じくらいまん丸だった。「お母さん、家でも作って」彼女のリクエストに応えるべく、一生懸命に味を舌に覚えこませながら食した。後日、私が作った金目鯛の煮付けを食べた二女の一言。「お店で食べたのと同じ味や！」あなたはいい子。実はね、この旨さは素材と醤油のおかげなのよ。今日は奮発して高いのを買ったから、きっといい味が出ているのね。なんてことは内緒にしている私。

（工藤恵）

こま〴〵と白き歯並や桜鯛　川端茅舎

鯛の骨たたみにひらふ夜寒かな　室生犀星

鯛の目のまわりぷるぷる山眠る　くぼえみ

高きより粗塩あらく桜鯛　岡正実

深呼吸をして金目鯛をいただきます　工藤恵

鱧　はも

私の住む函館で「鱧」にお目にかかることはまずない。鱧を食べずに一生を終える函館市民がたくさんいるはずだ。高級な料亭にでも行けば、お目にかかることがあるかもしれないが、一般庶民が毎年口にする食材でない。三方海に囲まれて海産物が豊富な函館において縁遠い食材の一つかもしれない。

私も目の前に鱧と穴子が並んでいても区別をつける自信はない。湯引きしたものなら、その菊の花のような姿からわかると思うが、ただ白焼きや蒲焼きにされたものだったら、鰻との違いさえもわからないだろう。東京や大阪、名古屋などの大都市ならまだしも、こと魚に関する食文化は近海物が中心である。函館近海で「鱧」は滅多に釣れない。大体、捌（さば）かれる前の鱧の姿を見たことがない。函館の女性は、烏賊を捌くのはお手のものだが、鱧を捌いて調理できる人は皆無に近いのではなかろうか。ちなみに私の妻は「見たこともないのにできるはずないっしょ」と言っていた。行きつけの寿司屋の大将の話では、「函館の人ってハモもアナゴも同じなんだよね。お客さんの中で、アナゴのことをハモって呼ぶ人が何人もいるよ。こっちは黙ってアナゴ出すけど、文句言われたことないね」とのこと。それだけ馴染みの薄い食材だと言うことだろう。

私自身、初めて「鱧」を食べたのは、二十六歳の時。仕事で京都へ行った折、旅館の夕食でいただいたのが初めてだった。鱧好きの人には怒られそうだが、定番の湯引きにして梅肉を添えたものをいただいたが、あまり美味しいとは思わなかった。それ以降も関西方面で何度かいただいたが、出されたら食べるが、こちらから敢えて注文して食べたことはない。ひょっとしたら、たまたま美味しい鱧料理に出会ってないのかもしれない。どなたか私に美味しい鱧料理を食べさせてくれるお店をご紹介下さい。

（佐藤日和太）

竹の宿昼水鱧を刻みけり　　松瀬青々

鱧の皮サラリーマンの折カバン　　青木月斗

ハモの骨ザクザクザクッと男前　　陽山道子

京都まで行く気かしらん鱧の皮　　橋場千舟

腰紐をゆるめるあなた夜の鱧　　佐藤日和太

蛍　ほたる

立派なドライブウェイが通るとは想像も出来なかった太古の昔、伊吹山へ夜行登山した。御来光を手近の山で見たいという動機であった。そういう目的の伊吹登山には、樹木が少なくて昼間は暑い山だから夜間に登るべしとガイドブックにあり、それに従った。

頂上は広い草原状だった。僕らのほか、だれも居なかった。西の空の端は残照でまだうす白かったが、山はとっぷりと暮れ、巨大な黒い塊の上に居るような気がした。登った道を少し引き返し、近くの居心地のよさそうな平らな場所に皆でめいめい寝袋をひろげた。そこはお花畑の真っ只中で、紫や黄色の花が懐中電灯の灯の中で咲き乱れていた。「あっ、ほたる！」と誰かが叫んだ。なるほど其処此処の草の間に蛍火がぽつりぽつりと見えた。

寝袋に体を入れ、ファスナーを閉じて顔だけ出し、仰向けになった。上昇気流の生温かい空気の流れがわずかに感じられたが、ほぼ無風であった。「御来光は五時前だから四時起き」という声。嫌だな四時起きかと思い、しばらくうとうとした。次に目を開けると、頭上は満天の星空であった。そして、仰向けのすぐ目の上を星よりずっと大きな光がすーっと通り過ぎた。

ほたる！　思わず片肘をついて半身を起こし、驚いた。真っ暗闇の草はら全体に宝石をばら撒いたように蛍火が明滅していた。その姿勢で目に入るのは星空と草原だけ。寝袋の上にも、目の前にも、その先も、そのまた先にも点々と蛍火。

見廻すと、半身を起こしてやはり周りを眺めている仲間達のシルエットがあった。「見事や」、「キレイやなあ」。僕らは天と地にきらめく無数の光の粒の中に居た。「な、星の数と蛍の数とどっちが多いやろ？」と言う奴。「お前、アホか？」。「寝るのはもったない」。「ホンマにな」。

（宮嵜亀）

生れた家はあとかたもないほうたる　山頭火

たましひのたとへば秋のほたるかな　飯田蛇笏

ふわっひわっほわっ蛍の語尾変化　コダマキョウコ

息とめて蛍の息を見ておりぬ　中原幸子

車降り茶髪二人がほたるの夜　宮嵜亀

馬刀貝　まてがい

名古屋競馬に馬刀貝賞というレースがあって驚いた。

動物界・二枚貝綱・マルスダレガイ目・マテガイ科・マテガイ。黄土色、棒状、長さ約十二センチ。仲間にヒナマテ・ダンダラマテ・エゾマテ・バラフマテ・リュウキュウマテ・オオマテガイ・アカマテガイ・ジャングサマテガイ……。春の季語。

漱石に、それも『草枕』に書いてもらっている。

「……向うの家では六十ばかりの爺さんが、軒下に蹲踞(うずく)まりながらだまって貝をむいている。かちゃりと小刀があたる度に、赤い味(み)が笊のなかに隠れる。殻はきらりと光りを放って、二尺あまりの陽炎を向へ横切る。丘の如くに堆かく積み上げられた貝殻は牡蠣か、馬鹿か、馬刀貝か」。そうか、馬刀貝は大事な水産物だったのだ。

国東(くにさき)半島の北江には「まてつき唄」という作業唄が残っているという。北江の馬刀貝は大きくておいしい。だが、船で沖に出て「まて突き」という漁法で獲る、これが重労働で、しかも漁期は一月から三月。この唄で寒さをしのぎ、威勢を付けたのだ、と。

アリャ嫌じゃかかさんヨーイ　マテ突きゃ嫌じゃ
アリャ色は黒うなりゃヨイ　腰ゃかがむ
コラサッサノ　ヤレコノ　ヨーイヨーイヨーイ

ある初夏の一日、馬刀貝ツアーに参加した。神戸は舞子の浜で、干潮を待って砂浜に出、馬刀貝のいそうなあたりの砂を鋤簾（じょれん）で薄ーく削る。馬刀貝のもぐった痕跡、いわゆる「目」が見つかれば、それを小さじすり切り一杯ほどの塩でふさいでしばらく待つ。びっくりした馬刀貝が飛び出す（……いや、潮が満ちてきた、と勘違いするのだ、という説もある）。そこを素早く捉まえて、足が切れないように慎重に抜く。馬刀貝は必死で抵抗するので結構力のいれ加減が難しく、スポッと抜けた時の感触がたまらない、らしい。らしい、というのは、私はこういうことが苦手で、馬刀貝に遊ばれるタイプ。

（中原幸子）

馬刀突きの子の上手なりつどひみる　高浜虚子
面白や馬刀の居る穴居らぬ穴　正岡子規
帰るのは馬刀貝の穴友いるか　鶴濱節子
ここよここ三々五々の馬刀の穴　村上栄子
おもしろうてやがてわたしか馬刀貝か　中原幸子

目高　めだか

五月の巴里は寒かった。全仏テニスの会場であるローランギャロスは、冷たい雨が無情にもコートを濡らしていた。バラの庭園で有名なロダン美術館はまだ蕾ばかりでがっかりした。帰国した日本は、今年一番の猛暑日だと騒いでいるし、お土産のチョコは無残な形になっていた。観測史上初めての記録を更新したこの夏を、ひっそりと暮らした。

十月に入っても日昼は三十度を越していたが、それでも時々吹く風は爽やかになった。夕方、久し振りに散歩した。いつものコースを歩いていると、目に飛び込んできたものがあった。青にも紫にもみえる睡蓮が二輪、小さな水盤に咲いている。それは黄檗山万福寺（おうばくさんまんぷくじ）の駐車場の斜め向いにある鄙（ひな）びた骨董品の軒先に然りげなく置かれていた。たそがれの中、神秘の色を湛えている花をしばらく見惚れていると、草津市立水生植物園みずの森で初めてみた時の感動が甦ってきた。

もしやと水の中を探したが、やっぱりめだかはいなかった。友人宅の布袋草の水盤にはめだかが泳いでいる。夏場は孑孑（ぼうふら）が湧くので食べさすのだそうだ。

めだかは偉い。小川でお遊戯しているだけではなかったのだ。益魚という立派な名前ももっている。

親戚の家では、立派な水槽に飼われている。熱帯魚だと総天然色だし、めだかだと白黒映画のようだ。その家には猫もいるが人見知りするのか、怖がりなのか、他人の気配がすると隠れてしまう。めだかとの相性はどうなのだろう。「めだかの学校」を愛唱した身には、最近のめだかを取り巻く環境に違和感を覚えるが、日本の小川は生活排水や農薬の為住みにくくなって、近年絶滅危惧種に指定されてしまった。

そういえば外国でめだかをみたことがない。巴里にも犬や猫はたくさんいるけれど、いつの日か、フランスの見知らぬ村の名もない小川のめだかに会いに行く、そんな素敵な旅ができるといいいな。

（明星舞美）

菱の中日向ありけり目高浮く　村上鬼城
河骨やあをい目高がつゝと行く　泉鏡花
目高泳ぐ屋根の修理に一週間　小西雅子
めだかの目十個ならべて餌まだか　水木ユヤ
自閉症の猫と仲良しシロメダカ　明星舞美

鳥たち

鸚鵡　おうむ

鸚鵡は孔雀とともにかなり古くから日本に入ってきている。仏教と深い関わりがあるようだ。NHKの大河ドラマ「平清盛」で藤原頼長が鸚鵡といる場面はまだ記憶に新しい。頼長の記した日記『台記』の一一四七年十一月十日には、兄である摂政藤原忠通が鸚鵡を鳥羽法皇に献上したとある。その後十一月二十八日には鳥羽法皇が忠通と頼長の父である忠実に鸚鵡を貸したので、それを頼長が見たという記述がある。忠通の献上した鸚鵡が対立していた父忠実と弟頼長のもとに回されたのはなんとも不思議な感じを受けるが、この頃はまだそれほど深刻な状態ではなかったのかもしれない。この九年後に保元の乱が起こるわけだが、その間に崇徳院や清盛、西行もこの鸚鵡を見たのであろうか。

東洋文庫に『鸚鵡七十話』というものがある。古代インドのサンスクリット説話集「シュカ・サプタティ」の全訳本だ。大商人ハラダッタの一人息子マダナセーナは美しい妻プラバーヴァティと官能の享楽に没入し、まったく仕事をしない。「愛と食と財とこの三者には足るを知るべし、されど善行と瞑想と布施とこの三者は然らず」という父の言葉も気にかけない。

困った父が友人に相談すると、なんとこの友は仙者で、インドラ天に仕える神が姿を変えた鸚鵡と共に人間界に住むのだという。この鸚鵡によって改心したマダナセーナは愛する美人妻を残し七十日間の商いの旅に出る。一人残された妻は国王の王子ヴィナヤカンダルパに見初められ甘い言葉に誘われて王子に逢いに行こうとするが、鸚鵡の話す物語に興味を持ってしまうので、結局は行けずに七十日が経ち、不義をせずに済むという話。第一話に約束と不義どちらかを選ばなくてはならないことの比喩として「一方を成そうと思えば他方が失われる、ちょうどお腹の出た人の接吻と媾交のようなものだ」とある。思わず笑ってしまった。あなたならどちらを選びますか。

（芳野ヒロユキ）

桐の花新渡の鸚鵡不言　其角
海棠や檐に鸚鵡の宙がへり　正岡子規
罌粟坊主ゆれる鸚鵡がしゃべりだす　矢野公雄
花ぐもり鸚鵡がしゃべるタガログ語　火箱ひろ
鳥羽殿へ急ぐ鸚鵡に野分風　芳野ヒロユキ

鳰　かいつぶり・にお

万博公園の池の周りに、カメラまたカメラ。何かいるのだろうか。池に近づくと、ぽっこりしたものが浮いている。かいつぶりだ。目を凝らすと、背中に雛がのっている。スイーッスイーッと気持ちよさそうに泳いでいる。雛が親の背中に乗っているのを見るのは、初めてである。危険を感じると、親は雛を背中に乗せたまま潜水をすることもあるそうだ。それほど潜るのが得意なのだ。

かいつぶりは、子どもの頃の記憶を乗せている。服部緑地公園の近くに住んでいて、よく犬を連れて散歩をしたものだ。池には水鳥が、泳いでいた。あっという間に潜り、見当をつけたあたりに姿を現すだろうと待っていると、とんでもない所に浮き上がり、予想はいつもはずれた。それが、かいつぶりだということを大きくなってから知った。

それは、かなちゃんと近所の神社の境内で遊んだのと似ている。かなちゃんは、坂の途中にあるお豆腐やさんの子で、いつも一緒に遊んでいた。好奇心が強くすばしっこく、何かを見つけるとすぐに駆け出した。

縁日には、境内にりんご飴、ヨーヨー釣り、イカ焼き、輪投げ、ポップコーン、型抜きなど所狭しと色とりどりのお店が並んだ。その中でも、お気に入りは綿菓子だった。口を近づけるとふんわりとまわりにくっつき、顔全体が甘くなった。境内で、かなちゃんをたびたび見失った。しばらくすると、思いがけない所から姿を現す。かいつぶりは、かなちゃんの記憶を乗せている。

彼女は、どうしているのだろうか。おいしいお豆腐を作るのが夢だったから、きっとどこかでお豆腐やさんをしているのだろう。かなちゃんの作ったお豆腐を食べてみたいなあ。

かなちゃんと過ごした日々は、淡い光の思い出である。

人生を振り返ると、水の中に沈み込ませたい悲しい思い出もいくつかある。

（田彰子）

鳰の巣のところがへする五月雨　良寛

野の池や氷らぬかたにかいつぶり　几董

あだ名だけ思ひ出す人かいつぶり　内田美紗

潜る鳰浮く鳰数は合ってますか　池田澄子

背中には光と影をかいつぶり　田彰子

鴨　かも

「ランチをして桜を見に行かない？」と、幼な友だちから電話を貰った。丁度、白内障の手術をしたり、身内の不祝儀が重なり、なんとなく家に籠り勝ちになっていたので、友はそのことを知っていて外に誘い出してくれたのだ。こじんまりしたお洒落な店でランチをした後、四月の初めにしては暖かい日差しの中を、桜並木に続く池沿いの遊歩道をゆっくりと歩いた。池の周りは花のトンネルである。風もないのに花が散り、花びらは池面に浮いている。この池には十月になると鴨が渡ってくる。

鴨は五、六羽がグループでいくつかのグループ毎に分かれ浮かんでいる。水鳥を見るのが好きだった夫とよくこの池へ見に来ていた。鳰や鴨が水中に潜って又浮かび上がるまでのタイムを当てあいっこしたり、どの辺に浮かぶかなど二人で予測したりしたものだ。

私が冬籠りしている間に、桜も散る様な季節になっている。もう鴨は帰って行っただろうと思っていたのに、のんびりと浮かんでいる一羽を見つけた。（アレッ、キミは帰らなかったの？それともハグレテしまったのかな。淋しくはないの？）と、口には出さなかったが、心の中で問いかけながら、手提げ袋の中に入れて来たポップコーンを一握り、鴨のいる方に投げてやった。しばらくすると鴨は少しずつ私の方に近づいてきて、ふっと水中に潜ってしまった。どこに上がって来るのか池の面を見ていると、私の目の前に音もなく姿を現し、さっき投げたポップコーンをついばんだ。

つかの間、夫と話をしているような気がした。

春のひととき、友人に誘ってもらい、ランチと桜、そして思いもよらなかった鴨との出会いで元気を貰った。今年の桜は目の手術のお蔭でひときわ美しく見えた。

（橋場千舟）

水底を見てきた貌の小鴨哉　丈草

遠干潟沖はしら波鴨の声　鬼貫

逆さまに潜る気合を鴨の尻　池田澄子

春の鴨尻を振り振り銀橋へ　平井奇散人

傳へねばならぬ一言残り鴨　橋場千舟

鷗　かもめ

山をいつも眺めて暮らしているので、時折無性に海が見たくなる。海にいくと、出会うのはやっぱり鷗。

鳥羽湾で観光船に乗った時、何か騒がしいなと思い外に出て見ると、船尾から餌を撒いたらしく鷗たちが追いかけてきていた。鳶が何羽か交って我が物顔に振る舞うので、鷗たちは右往左往しながらも貪欲に餌を追っていた。この夏出かけた知床半島のウトロ港の岩山には、おびただしい鷗が羽を休めて半島巡りの船を見送っていた。

当たり前のことだが鷗は餌を求めて飛行する。しかし、そうではない鷗がいた。むろん現実の話ではなく小説の中での話。

『かもめのジョナサン』、作者はリチャード・バック。一九七〇年アメリカで出版され、大ヒットした。実際の鷗の写真が随所に挿入された美しい本で、一般的に寓話として評価されている。日本では一九七四年六月、新潮社より五木寛之の翻訳で出版され大ベストセラーになった。主人公はカモメ、名前はジョナサン・リヴィングストン。彼は飛ぶことが何より好きで、他のカモメたちが食べて生きることを大事と考えるのに対し、速く飛ぶということに価値を見出しひたすら練習を重ねる。その結果、仲間から異端視され群れから追放されるがそれでも練習をやめない。やがて彼は二羽のカモメに導かれ高次の世界へ移り、より高度な飛行術を身につける。そしてそれを下界のカモメに伝えようとするのだがなかなかうまくいかず……というような話。この小説から読み取れることはいろいろ。たとえば自分の可能性に気づきそれを追求することとか、真の自由とは何かなど。当時、けっこう感動しつつ読んだことを思い出す。チェーホフの戯曲「かもめ」、映画の『かもめ食堂』、特急「かもめ」、歌詞に登場するたくさんのかもめたち。

鷗は人をロマンの世界に誘うのかもしれない。

（水上博子）

水寒く寝入かねたるかもめかな　芭蕉

かもめ飛ぶ観潮の帆の遅日かな　飯田蛇笏

冬かもめゆっくり好きになりなさい　塩見恵介

冬鴎瞳の中の町いくつ　工藤惠

かもめには番屋の屋根と雪が合う　水上博子

鴉　からす

烏のなんともやる気のなさそうに見える所が好き。

まず第一に声。「くわぁ〜、くわぁ〜」

蝉時雨がわんわん盛んな時にこれを聞くとなんだか気が緩む。

次に歩き方。左右交互に一歩ずつお尻をふりながら、だるそうに歩くところは、イタリアの恰幅のいいマンマみたいでユーモラス。猫にちょっかいをかけては反撃の猫パンチをふわりとよける様子もおもしろい。猫にとってはやっかいな相手だ。

そしてあの色。全身真っ黒というところがなんとも潔いではないか。「何色にも染まらずにわが道を行く」といった感じが素敵だ。もちろん黒い瞳も。賢そう。外国の絵本などで魔女の肩に乗っていたりする理由もわかる気がする。

なんでも三歳児くらいの知能を持っているらしく、すべり台もすべれるそうだ（まだ見たことはないけれど）。

そう言えば、風の強い日に風に流されそうになりながら、ふわふわ飛んでいるのを何度か見たことがある。あれは、風に乗って遊んでいるのかもしれない。人間が波乗りを楽しむのと同じように。

京都で働いていた時、窓から伏見城が見えた。京都はよく雪が降る。その日も吹雪いていたのだけれど、伏見城を囲うように、沢山の烏がふわりふわりと飛んでいた。まるで「かごめかごめ」をして遊んでいるみたいだった。

そうそう京都の烏は大阪の烏と鳴き方がちょっと違う。大阪の烏の声は青空にカ〜ンと響き渡る。高校野球の球児たちが金属バットでボールを打つ音みたいに。京都の烏の声はコーンと空に吸い込まれてゆく感じ。まるでお寺の鐘が鳴るみたいに。音がやわらかい。はんなりと鳴く。もしも烏が「あほう」と言うとすれば、大阪の烏は「あほかぁ〜」で京都の烏は「あほやなぁ〜」と鳴くに違いない。

（黒田さつき）

烏がひよいひよいとんで春の日暮れず　尾崎放哉
たわ〳〵と冬鴉わたるつばさかな　原石鼎
冬鴉ひょいと顔出す三代目　つじあきこ
白昼のハガネのような夏鴉　中林明美
寒烏うしろの正面だ〜れ　黒田さつき

雁　かり

転校生は人気者である。中学生ともなると間合いを見極めるまでは互いにすました顔で過ごすのだろうが、小学生は違う。みんなが競って転校生と仲良くなりたがる。おかげで新しい学校での私の生活は、思いのほか順調に滑り出した。校舎の三階から赤城（あかぎ）や榛名（はるな）が見えるのも嬉しい。ただ、夕暮れ時に独りで家にいるのは苦手だった。あや子ちゃんは今日もゴムとびやドッヂボールをして遊んでいるのかな？　商店街のおじちゃんもおばちゃんも元気かな？　もう会えないのかな？　なんだか淋しくなってくると、姉たちの帰ってくるまでの時間がやけに長く思えて、あてもなく町を歩いたりした。

そんなある日のこと、少し遠出して踏切まで行ってみた。遮断機は今まさに上がるところ。線路の向こう側にいる国鉄のおじさんがくるくるっとハンドルを回すと、水平に張られたロープが上がってゆく。仕組みが面白くて、ロープから垂れる黄色いテープを見上げる。その瞬間、何かが視界をよぎった。くの字の帯。空に描かれた矢印が、折れ曲がった部分を先頭に隊列をなして飛んでゆく。「ほう」とか「ああ」とか聞こえてくるのは、あのくの字を見つめている人が私以外にもいるということなのだろう。空の矢印が遠ざかって見えなくなると、すっきりした気分だけが残った。視線を移すと、空を見上げる人はもうどこにもいない。国鉄のおじさんに会釈をすると、笑顔で応えてくれた。

結局、私は踏切を渡らなかった。そもそも私は踏切を渡りたかったのだろうか。住み慣れた町へと続く線路が見たかったのだろうか。今でもよくわからない。でも、鼻歌を歌いながら帰ったことは覚えている。あの日から前橋が私のふるさとになった。雁は今でもあの町に来るのだろうか。野鳥の会にでも尋ねてみようか。ともあれ、渡り鳥の往来があろうとなかろうと、ふるさとには赤城の山が今日も聳え立っている。

（高田留美）

雪天をふりさけ落ちし孤雁かな　野村泊月
逝く人に留まる人に来る雁　夏目漱石
郵便受けの中は真っ暗雁渡る　岡野泰輔
雁渡しオランダ館といふ花屋　赤坂恒子
雁渡る山間の空光る空　高田留美

雉 きじ

雉と聞き、私は、研究中のメキシコの詩人ホセ・フアン・タブラーダ（一八七一〜一九四五）の描いた雉を思い出した。彼の日本印象記『日の国にて』に、気になっている次のような描写があったからである。「美食家ブリア゠サヴァランがすでに述べているように、焼いて出された雉の肉は、一本残らぬ華麗な羽毛と共に、もとの姿に組み立てられていた」。これは、「茶の湯」という題の一九〇〇年に書かれたエッセイの一節であり、雉料理は、招待された家で供されたものであった。何年も前この文章を読んだ際、雉の姿造りがあるのかとネットで探してみたが、見つからず、これはやはり空想で書かれたエッセイなのかと、私自身タブラーダの来日を信じていたものの不安になった。理由は、彼が来日したという物的証拠がなく、この印象記は来日せずに書いたとみる研究者もいるからである。しかし、最近、ネット上で偶然に、雉がまさしく姿造りにされている写真を発見し、私は小躍りした。その鍋料理用の生肉を、焼いてから盛り付ければ、タブラーダの描写した料理は存在しうるからだ。これで、彼の来日の傍証がさらに一つ増えたように思う。

タブラーダの近代主義の時代には、雉は、竹・蓮・菊・白い鹿・仏陀・僧・娘・着物などと並び日本（東洋）のシンボルであった。詩や小説に、これらを取上げることによって、異国趣味を醸し出した。例えば、「茶の湯」には次のような描写もある。「まさか、興奮して飛んでいた雉が茂みのなかにもぐり、蓮池の大理石とエメラルドのなかで、その赤い羽根飾りがあたかも強い魔力にかかり、ついに爆発したかのごとくその局部の赤色を取り戻すなどとは」。

明治時代の日本を見た外国人の描く日本の庭は、われわれの想像もつかないほどカラフルで、そのなかの雉は手塚治虫の火の鳥のようであった。

（SEIKO）

草の戸の灯合図や雉ほろと　芥川龍之介
石段をよぎる雉子あり高山寺　野村泊月
雉鳴けば寡黙な二人立ち上がる　久保敬子
きぎす啼く田の神様は紅をさし　桐木榮子
ジパングのレッドを雉の極めけり　SEIKO

啄木鳥　きつつき

富士山の丸火山公園に啄木鳥（アカゲラ）と会うために二回出かけた。いずれも一分ほど軽く突いてくれた。NHKのワイルドライフで沖縄のノグチゲラが放映された。北海道から沖縄まで啄木鳥はいるのである。目にもとまらぬ早さで幹を突くドラミングは冬から春のようである。近傍の龍爪山（りゅうそうざん）穂積神社の枯れ枝にアカゲラの動画を見つける。

撮影現場を探そうとおにぎり一つとペットボトルをリュックに入れて出かける。朝八時十五分頃登山道に入る。いきなりの急勾配に息が上がる。枯れ木を見つけると啄木鳥の木だと嬉しくなる。アカゲラはキョツキョツ、コゲラはギーギーと鳴くらしいが囀り（さえず）の中とても聞き分けられない。一時間三十分ほどかけて標高約七五〇メートルの穂積神社に到着。知り合いの氏子に、啄木鳥はいないかと尋ねる。「いるよ、薬師、文殊まで登って見なよ」。龍爪山は薬師岳（やくしだけ）（一〇五一メートル）、文殊岳（もんじゅだけ）（一〇四一メートル）の総称。啄木鳥との出会いと山頂征服を目指すことに。四十五度以上あろうかと思われる山道。鉄階段をよじ登って行く。道の左手が人工林、右手が雑木林。雑木林からは盛んな囀り。山紫陽花、ヤマハッカなどが咲いている。秋富士が顔を見せる。最後の上りは緩くブナやクヌギ、栗、山桜などの雑木林。風が気持ち良い。篠栗を二つ拾う。動物には美味い季節である。神社から一時間三十分ほどの苦闘。山頂に到着。登山客で賑わっているのに驚く。静岡市街、駿河湾を見下ろし、天城連山と向かい合う。十一時五十分に山頂を出発。下山の途中は空腹と膝痛に悩まされる。熊よけの鈴、リュックの弾む音、杖つく音までが啄木鳥のつつく音に聞こえる。枯れ木の杖にすがりながら坂を下る。約一時間で穂積神社に到着。それからは長い林道を二時間下る。ここは龍爪銘茶の里であるが、茶畑がどんどんススキ原に変わっている。約六時間三十分かけて下山。啄木鳥はなかなかに手強い鳥であった。（後藤雅文）

啄木鳥のこぼす木屑や雪の上　野村泊月
啄木鳥の絶えまを初夏の雲冷えて　渡辺水巴
啄木鳥の木から取出す木の言葉　寺田良治
啄木鳥になって叩くよ君のドア　波戸辺のばら
啄木鳥の森三つ星のレストラン　後藤雅文

雀　すずめ

小中学生の頃、狩猟をしている親戚のおじさんがいた。おじさんの家の居間には、雉など山鳥の剝製が飾ってあった。死んでいるはずの剝製の動物たちの目はいやに鋭く、足の爪は今にも引っ掻かれそうで、同じ空間に居るのが落ち着かなかった。

このおじさん一家が、時々狩りの獲物の鳥を食べていることは知っていたが、雀を捕らえて食べていたことを知ったときは、大変ショックだった。しかも、いとこのおねえさんが、「雀、おいしいよ」と言っているのを聞いて、当時小学一年生だった私は愕然とした。あの、かわいい声で鳴く小さくて愛らしい鳥に、食べる肉なんてあるのか？　他に食べるものはいくらでもあるのに、なぜわざわざ小鳥を食べるのか？　雀が焼かれているところを思うと、可哀想でやりきれなかった。それ以来一時は、雀を見ると、「捕まえられませんように」と願ったものだった。

しかし考えてみると、人間の食は、命は、他の生物を犠牲にして成り立っている。生物の個体そのものを焼くにも、魚を焼くときには「おいしそう、食べたい」と思うくせに、小鳥だと残酷だと思うのは、魚に申し訳ないことであり、人間の傲慢なのだ。それに、育てた鶏などを家で調理することが一般的だった時代が、そう遠くない以前まで確かにあったのだ。

おじいさんには可愛がられるも、その連れ合いのおばあさんには、無残にも舌を切られるおとぎ話「舌切り雀」。子どもの頃の思い出と、「舌切り雀」の話の印象が強すぎて、どうしても雀には哀しいイメージがつきまとう。

いともたやすく人間の犠牲になってしまう、かよわくも愛らしい鳥。

とはいえ、哀しく無力なばかりではない。雀にはまぶしい朝の光、一日の始まりを告げてくれる、明るく爽やかな面もある。前日の疲れを引きずったぼんやりした頭に、澄んだ声で朝を注入してくれている。

（三好万美）

雀子や走りなれたる鬼瓦　内藤鳴雪
草紅葉何に飛び立つ雀かな　寺田寅彦
すずめ来てルンバを踊る冬日向　鶴濱節子
探梅や雀の足を励まして　星野早苗
紫苑揺らし雀よどこへ行く　三好万美

鷹　たか

或る暑い夏の終りに涼を求めて信州に旅をした。木曽駒ケ岳を望む千畳敷カールの壮大な景観と涼しさを体感、安曇野・大町に遊んだ。大町は立山黒部アルペンルートを辿れば長野県側の出口にあたる温泉の町である。泉質はアルカリ性単純泉、からだに優しいお湯だった。翌日は旅の最終日、宿の係の方が薦めてくれたのが「鷹狩山展望台」。さっそく車で出掛けてみた。温泉街の側を流れる鹿島川の清流を渡り、信濃大町駅を山手方向に進むと大町山岳博物館が見えてきた。登山の歴史や北アルプスの動植物について紹介する博物館だそうだが、ここはパスしてどんどん山を登って行く。こんなに山を越えていくのかという感じ。だが、到着したら、感動！　大町市街とバックに広がる北アルプスの山々――爺ケ岳（じいがだけ）、鹿島槍（かしまやり）、五竜岳（ごりゅうだけ）はじめ三〇〇〇メートル級の山々が一望できる素晴らしい場所だった。この鷹狩山、やはり昔は鷹狩りを行った場所だったのだろう、あたり一面鬱蒼とした森が広がっていた。

鷹狩りとはご存知の通り、飼い慣らし訓練をした鷹を放って鳥獣を捕らえさせる狩猟方法のひとつで、『日本書紀』にも記述があり、『万葉集』では大友家持が鷹狩りについて詠（うた）った歌五首が掲載されているとのこと。平安時代の貴族や勃興した武士によって盛んに行われるようになった。武家では鷹の勇猛な様子から鷹の羽を家紋に用いる例があり、「並び鷹の羽（菊池氏）、浅野鷹の羽（浅野家）」などが有名だ。しかし最近では野生の鷹を身近で見る機会は少なくなった。鷹類は肉食性の荒々しい鳥という意味から猛禽類とも言われ野生鳥類としては最高の地位に君臨するが、自然環境の悪化により餌の動物が減ると共に最も厳しい状況に追い込まれている。鷹たちが安心して生息できる自然環境は、我々人類にとっても望ましいものであろう。鷹が家紋にのみその姿を留めるという時代が決して来ないことを祈るばかりだ。（南北佳昭）

鷹一つ見付てうれしいらご崎　芭蕉
大北風にあらがふ鷹の富士指せり　臼田亜浪
舞う鷹は真下のわれを見ているか　山岡和子
神さまは鷹の尾羽につかまって　田彰子
囚われてなお大鷹の眼差（まなこざし）　南北佳昭

燕　つばめ

俳句仲間のY子と郊外の散策に出かけ、喫茶店で一休みして店を出たとき、頭上を掠め去ったものに驚かされた。今年初めて見る燕だった。Y子とわたしは同時に「若いツバメ」と言い、そろって咄嗟にそんな言葉が出たことに照れ笑いの顔を見合わせた。

若い世代には知らない人もあるだろうが「若いツバメ」とは、女性より年下の恋人を言う言葉。語源は、婦人運動家の平塚らいてうが心を寄せた年下の画家が、世間を気にして、わが身を秋になると南へ渡って行く燕になぞらえて身を引いたことに由来するとか。それに対しらいてうは「燕なら春には帰ってくるでしょう」と画家を呼び戻し、二人は結婚した。さすが婦人運動家にふさわしいイイ話といえるが、一般に「若いツバメ」という場合は密かに心をときめかせる〝愛人〟のニュアンスがあるようにも……。

じつはわたしは鳥類が苦手で極力避けている。が、例外的に親しんだ鳥は燕だ。

というのは、十年以上前からあるFMラジオの番組で月に一回俳句のコーナーを担当していたのだが、局の最寄り駅のホームから改札までの階段の中ほど、踊り場の天井と壁が接するところに燕の巣があったから。

普段は巣のことなど忘れて素通りするが、たまたま雛が孵った時期に行き合うと、子燕が並んで首を出しているのが目に留まる。けれど、駅を利用するのは月に一回なので、そんな光景に遭遇するのは稀。親鳥が営巣する場面も見たことがないし、燕の習性に疎いので、いつも同じ〝家族〟なのかも分からない。

タイミングよく雛に出会ったときは、先を急がない帰途、一電車やり過ごして眺めたりした。この秋、長年関わってきた番組を卒業した。もうその巣を見る機会はないだろうが、時にわたしを楽しませてくれた可愛い雛たちも、「若いツバメ」となって閃光のように飛び立ったに違いない。

（内田美紗）

大津絵に糞落しゆく燕かな　蕪村
海面の虹をけしたるつばめかな　其角
つばめ反転きらきらひかるものが好き　津田このみ
白地図に線描蒼しつばくらめ　南北佳昭
一閃の飛燕に斬られよろめきぬ　内田美紗

鶴　つる

今年もまた旅回りの一座「鶴屋劇場」がこの下町にやって来た。所狭しと立ち並ぶ幟旗の満艦飾。その旗の上半分ほどを割いて大きく羽を広げた真白い鶴の絵が描かれている。心なしか色褪せて見えるが、暗い冬空にはそれなりに美しい。拡声器から流れる怒鳴りつけるようなガラガラ声の呼び込みも雑音にかき消されてよく聞き取れない。とはいえ、ふだんは雑草ばかりが生い茂るこの広い空き地もこの時ばかりはにわかに賑わいを見せ、粗末な掛け小屋からは大きな歓声と拍手が湧きあがる。

小学生の私にとっても、この劇場は何にも増して胸躍らせる楽しみであった。年に一度きりのこの日を、それこそ鶴のように首を長くして待ちわびていた。劇場にでかける前日になると、条件反射のように私は鶴を折った。赤や白や空色と、色とりどりの折鶴に願いを込め、卓袱台（ちゃぶだい）いっぱいに広げていた。あ～した、てんきにな～れ。

その日は当代きっての人気歌手、ＴＹさんが特別出演するとあって、朝から町じゅうが妙に色めきたっていた。私もはやる気持ちをこらえながら、開演前の行列に母と一緒に番を待つ。

大きな莫蓙の上に敷き詰められた小さな座布団。運良くその最前列に陣取った母と私。舞台の暗闇にライトが当たると数羽の鶴が舞い上がる。垂れ幕に描かれた鶴たちだ。俄然小屋全体が華やかになる。

とりをつとめるＴＹさんがいよいよ登場。トレードマークのマドロスハット、ギター片手に「おっす」と一声。目の前の大きな姿に私は急に恥ずかしくなり思わず眼を伏せてしまう。「かわいいね、お嬢ちゃん」。ＴＹさんは低い舞台の上から身を乗り出すようにして頭を撫でてくれる。思わぬ出来事に小さな心臓はバクバク、ドキドキ、今にも息が止まりそうな一幕であった。

お祭り騒ぎのような一週間。広い空き地に静けさが戻る。「鶴屋劇場」が運んでくれた幻の鶴。あの日以来、あの鮮やかな幟旗の鶴を眼にすることは二度となかった。

（鳥居真里子）

高熱の鶴青空に漂へり　日野草城
鶴の影舞ひ下りる時大いなる　杉田久女
いいひとでゐれば肩凝る冬の鶴　はしもと風里
鶴四羽すういと降りてきて家族　火箱ひろ
鶴眠るはるかに月の渚あり　鳥居真里子

鶏　にわとり

一羽の鶏を木綿風呂敷に包んで、湖北の田舎の家から大阪の家に連れて来た。鶏の種類は知らないが尾が長く姿の良い雄鶏である。その美しい尾羽をきりりと上げて胸を反らせて、ちょっと顎を引き気味に何か警戒しているのか、あるいは威嚇をしているかにも見えて、樹下をコーコーコと喉を鳴らして闊歩している。

実はその雄鶏は墨で描かれた軸の中にいる鶏である。その鶏は煤光りする古い家に百年、いや二百年もの間大事にされていたらしい。

私たちが家を持った時、両親が祝いの代わりにと好きな軸を選ばせてくれた。その頃の私は子育て真っ只中で、軸を楽しむどころではなかった。子どもが酉年生まれだからというそれだけの理由で鶏の絵を選んだのだが、内心その鶏に惹き付けられていた。気に入ってしまったのだ。その時、姑がぶつぶつと「これは質草になるかもね」とつぶやいていたが、気にもとめず聞き流していた。後日、骨董に詳しい兄にそれを見て貰ったのだが、これは間違いなく「若冲（じゃくちゅう）」のものだから箱に入れて大切にするようにとの事。その時初めて、あの時の姑の独り言に合点がいった。若冲の名も知らなかった若い頃の私である。近年若冲ブームと言っていい程、展覧会があちこちで催されている。その都度私は美術館にいそいそと出向いて様々な鶏たちに会いに行くようになった。さすがに美術館の鶏は保存状態も良く美しい。我が家の鶏は染みが出ていたりして、おおよそ美術品とは言い難いが、かつての風呂敷から桐箱に格上げされて納まっている。時々は土用干しも兼ねて鶏小屋から放してやるつもりで箱を開ける。ひょうきんな顔つきでもあるが勝気な面相も見てとれる。

今年、伊勢神宮にお詣りした時、偶然にも我が家の鶏とそっくりの鶏に出会った。思わず御神鶏にカメラを向け一枚カシャッ。もう一枚カシャッ。罰があたりませんように。いやいや御利益を授かりますように。

（山岡和子）

永き日のにはとり柵を越えにけり　　芝不器男

樫の実の落ちて駈けよる鶏三羽　　村上鬼城

にわとりのしわくちゃまぶた春の雪　　寺田良治

大西日鶏のように眠る父　　東英幸

神鶏のふわりふわりと翔んで春　　山岡和子

白鳥　はくちょう

我が家のベランダから白鳥が見える。玄関ではだめだ。二階に上がる必要がある。夕方や土日の朝、洗濯物を干したり取り込んだりする時、割と交通量の多い道路を挟んだ向こう側に。幼鳥が泳ぎ飛ぶ姿を親鳥が見守っている。優しく、時に厳しく、旅路に耐えられるように。

いつも同じ群れというわけではない。その時々で別々の群れがどこからともなく飛来しどこかへと去っていく。どの群れもゆっくりと羽を休める様子はない。むしろせわしなく、かつ整然と端の方を動き回っている。泳ぎ方一つとっても、以前万博公園で乗ったスワンボートとは違う。あれは四人乗りだったが二人乗りでも同じことだろう。生身のしなやかさ。今にもピアノの伴奏が聞こえてきそうだ。

ゆっくりと見とれている場合ではない。共働き幼児つき世帯にとって、朝夕は戦場さながらのばたばただ。洗濯物が竿を埋めていくと白鳥は見えなくなる。洗濯バサミやハンガーを外していくとその姿が目に入ることがある。その程度だ。

北側に位置するベランダは洗濯物の乾きが芳しくないなど不満がなくはないのだが、こういう光景を目にすると悪くはないなと思い直す。

このように忙しい作業の中でぼんやりしていると、焼肉のにおいが漂ってくる。残念ながら我が家の一階からではない。同じく道路向かいの焼肉屋からだ。目には白鳥の群れ、鼻には焼肉。妙な組み合わせだ。あれだけせわしなく動いていたら腹が減るだろう。食わせてやれないのが残念だ。

またピアノが聞こえてきた。はっきりと。生演奏ではなく録音したものを流しているようだ。今見えている群れの中からタカラヅカに進むものはいるのだろうか。何もかかっていないハンガー越しに脚が上がった。

（藤田俊）

海涼し白鳥向ふより来る　正岡子規

秋風や一翳もなき白鳥湖　久米正雄

白鳥のもわもわキスのもわっもわ　坪内稔典

白鳥の明るさ僕をはじき出す　小枝恵美子

白鳥が一羽固唾といううつばき　藤田俊

雲雀　ひばり

一度だけひばりの巣をみつけたことがある。ひばりのことを考えるといつも一気にズームインしてその巣になる。が、覚えているのはその巣の底のきれいな丸みだけだ。家から歩いて五分程、一番近い畑の端。スギナがたくさん生えて野菜を作るのにはあまり適さない、独活（うど）やアスパラが出て、ガーベラが咲いたりしていたその辺り。その頃は何が植えてあったのか、卵はひとつかふたつか、ひばりは鳴いていたのか。肝心なところは何も覚えていない。小さな頃のことだ。

　高校生になってもぼんやり生きていたが、映画はたくさん見た。「もう行ってしまうの、まだ朝にはならないわ。鳴いているのはナイチンゲール。雲雀ではないわ……」「雲雀だよ。朝をもたらす使者だ。ナイチンゲールじゃない。ほら東の空をごらん。雲が朝日を浴びて輝き始めた……もう行かなければ。このまま留まれば死ぬことになる」ロミオとジュリエットだ。ひばりは朝早く鳴くのか。テーマソングを覚えることには一生懸命だったが、自分の周りの自然は当たり前のものだった。

その後、長野から奈良に住むようになり、雪の山が見えない、とだんだん思わなくなった頃、新年早々中耳炎になって高熱を出した。長く続いた通院のある日、これはひばり？と思うことがあった。四月になっても雪の降ることのある土地に育った季節感には、信じられないことだったが、確かにひばりの声だった。一月の終わり頃だったろうか。以来毎年、あっひばりと思うようになった。今年は二月二日だった。

今住んでいる九条は平城京のはずれ、田んぼもまだまだ広がっている。秋篠川の左岸はサイクリングロードだが、右岸の道は舗装をしていない。夏かなり暑くなるまでひばりは一日中鳴いている。時々西の京の方まで歩いてしばらく見上げてみるが、声はするのにどこにいるのか分からず、まぶしさにあきらめることもある。

（山田まさ子）

草も木も離れ切たるひばりかな　芭蕉

物草の太郎の上や揚雲雀　夏目漱石

一羽いて雲雀の空になっている　坪内稔典

揚雲雀大和のへそがここですか　岡清秀

一揖二拝二拍手一拝ひばり鳴く　山田まさ子

文鳥　ぶんちょう

スズメは普段着を着ている。とすると、同じスズメ科の文鳥はスーツを着ていることになる。頭部は黒、頬は白、背から胸にかけては青灰色。これは、紳士の帽子をかぶって、髭を剃った青年が、少し明るめのスーツを着ているのである。

スーツを着た人が鳥かごに入っている。となると、これは仕事だ。鳥かごの中のブランコをつかんで、誰か来ないか誰か来ないかと、せわしく小首をかしげている。つまり、客待ちだ。雇い主がふらっと姿を見せると、そろそろ外回りへ行きたいナァ、としきりにアピール。かごから出してもらえば、雇い主の手のひらから肩へとまって、しばらくはご機嫌である。

スーツを着た人が毎日、鳥かごではなく檻へ入っていく、という詩がある。天野忠さんの「動物園の珍しい動物」という詩は、

　セネガルの動物園に珍しい動物がきた

と、はじまる。その動物は一日中、背中を見せて椅子にかけて、青天井を見ている。夜になって客が帰ると、内から鍵をはずし、ソッと家へ帰っていく。

昼食は奥さんがパンとミルクを差し入れた
雨の日はコーモリ傘を持ってきた

と、この詩は終わる。この珍しい動物がスーツを着ていた、と詩のどこにも書いていないが、檻の中の動物は、たしかに青灰色のスーツを着ているように思う。ビジネスシューズを履いているように思う。そして日本製の腕時計をしているのだ。

動物園の、この檻には「人嫌い」と貼札が出ている。文鳥のかごに貼札はないが、手乗り文鳥は、あきらかに「人好き」だ。とは言え、青天井へ向かって飛んでいった文鳥も、数知れずいるだろう。取り残された思い出を持つ人も数知れずいるに違いない。（山本純子）

文鳥や籠白金に光る風　寺田寅彦
春聯や文鳥飼うて一老舗　永田青嵐
文鳥がすりつぶしている春の家　木村和也
みどりの日桜文鳥てのひらに　黒田さつき
破れ芭蕉空へ帰った文鳥よ　山本純子

時鳥　ほととぎす

俳句を始めて間もない頃のこと。メールの宛先リストには十人くらいのアドレスしかなかった。深夜にパソコンをいじっていると、前の山から時鳥の声が聞こえてきた。「今、前の山で今年初めて時鳥が鳴いています」と、すかさず全員にメールを送った。するとすぐに数人から返事がきた。「へぇ～、時鳥ってどんな鳴き声かな」とか、「時鳥句会をやってください」とか。メールの速さに驚いたものだ。

コーンスープとサラダと季節の果物、食パン一枚、それが私の朝食。パンは家で焼いたもの。サラダはキャベツをスライサーで細かく切って、レタスやベビーリーフをのせるだけ。ドレッシングには塩、胡椒、オイルそして酢をかける。オイルは南米で古くから食されているインカグリーンナッツの種を搾ったもの。

畑に出る。晩秋に蒔いた豌豆(えんどう)は最盛期。スナップ豌豆に絹莢豌豆など、中でもグリンピースで作る豆御飯の上品な甘さはやめられない。そろそろ夏野菜が育ち始めている。ピーマンや茄子の苗の邪魔にならない程度に、伸び始めた夏草をカットしてその場に置いておく。肥料は特にやらないけれど、この草がいずれ栄養分となってゆく。草を刈りながら時鳥が鳴くのを待つのである。

東の山の方から時鳥の声がする。山頂あたりを飛びながら鳴いている。もっと近くで声を聞きたくて山に入ってゆく。巨大な鉄塔が立っていたりして、最近の山はずいぶん様子が変ってきた。小さな古い池の上にモリアオガエルの卵があったりする。突然目の前を時鳥が鳴きながら滑空。

夜、ぬるま湯に肩まで浸かって目を閉じていると、時鳥の声が近づいてくる。いつもの南の山から近づいてくる。ちょうど私の真上を飛びながら反対側の北の山へと飛んでゆく。「キョッ、キョッ、キョッ、キョッ、キョキョ」と私には聞こえる。

（小倉喜郎）

谺して山ほとゝぎすほしいまゝ　杉田久女
ほとゝぎす一人静を持ちかへる　渡辺水巴
太古より安産痛し時鳥　池田澄子
テッペンカケタカ地霊に少し嫌はれて　ふけとしこ
時鳥テッペンカケタカなんて言ってない　小倉喜郎

椋鳥　むくどり

あの街路樹は枝打ちをされて今ではすっかり透け透けになった。

塒（ねぐら）は一体何処へ移動したのだろうか。

「煙山の野原に鳥を吸い込む楊（やなぎ）の木があるって。エレキらしいって云ってたよ」。

楊の木の下に磁石があって鳥が吸い込まれて死んでしまったのかもしれない。

宮沢賢治の短編『鳥をとるやなぎ』にこうあった。

ここに登場する椋鳥を秋田県の古い方言ではもず、もんずと呼ばれていたらしい。

私はこれを読むまで椋鳥の生態を知らなかった。

あの茂った街路樹に群をなして戻ってくる鳥は一体ナニモノナノカ。

駅前の大きな欅（けやき）は日暮になると何十羽、いや何百羽、もしかして千羽以上かもしれない鳥が
喚きながらスーッと梢の中に入っていく。正に磁石に吸い込まれるように。

その木は、まるで音符を乱雑に撒き散らしたような騒音を放つバードツリー。

この正体が椋鳥たちの塒であったのだ。

ギャアギャアギュルギュルの鳴き声は、電車に乗り合わせた集団の中学生にも似ている。部活の帰りだろうか、大きなスポーツバッグをどかんと置いて通路をふさぎ、五百ミリパックのジュースを飲みながら辺り構わず大きな声のお喋りと笑い声は止まらない。乗り合わせたのが運のつき。たちまちそこはあのバードツリーと化すのだ。

もしかして彼らは椋鳥なのかもしれない。一羽だけを見ているのなら、黄色の嘴も脚も可愛い椋鳥なんだけど……

余談だがモーツァルトには、ペットとして飼っていたというエピソードが残され、ピアノ協奏曲第十七番の第三楽章にはその椋鳥の囀(さえず)りを基にした旋律が主題として用いられているといわれる。

（土谷倫）

椋鳥と人に呼るゝ寒哉　一茶
椋鳥や草の戸を越す朝嵐　村上鬼城
椋鳥のなぜ生きるのかチッチキチー　本村弘一
葉一枚が椋鳥となる魔法の木　森弘則
椋鳥よいなかものとは呼ばないで　土谷倫

目白　めじろ

庭の紅梅が咲くと、鶯色の小鳥が来て花に顔を突っ込んで蜜を吸う。まだ色の少ない二月の初め、羽の鶯色と、くるっとした目の周りの白い輪がひときわ目立つ。何より親しみが湧くのは、近づいてもあまり逃げないことだ。チーチュルチーチュルチーと鳴く声も可愛い。小学生の頃に飼っていたスピッツ犬は、音に神経質な犬だったが、目白の囀（さえず）りだけは、不思議と恐がらず吠えなかった。

今では、あまり見かけないが、当時は白いスピッツ犬があちこちでよく飼われていた。ある時、隣の家でも、スピッツの仔犬を飼い始めた。私は、生け垣の隙間から眺めてはその仔犬に憧れた。だから、隣の子どもたちが犬の散歩に行く時誘ってくれると、喜んでついて行った。お蔭で、そのルミという名のスピッツは、私にも、しっぽを振って、お手やおかわりをしてくれるようになった。ある日、隣家のてっちゃんが慌ててやってきた。

「ルミが保健所に連れて行かれるよ。どうしよう」。

えっ、何か事情があったのだろうが、それはあんまりだ。何とかルミを助けたい、我が家で飼えないだろうか。「仔犬ならともかく、大きくなってしまった犬を飼うのは、難しいよ」と言う母達を何とか説得し、ルミは犬小屋ごと我が家へ引っ越してきた。私は、家へ帰れば真っ先に犬小屋を覗き、一緒に遊んだ。散歩や犬小屋の掃除など世話もして、おやつも隠しておいて、後でルミにあげたりした。ところが、何かの拍子に鎖が外れたりすると、ルミは決まって生け垣の隙間から隣家へ帰ってしまい、中から他人行儀に「ワンワン」と吠えた。そんなルミも、目白の鳴き声は嫌いじゃなかったのだろう。目白が来ると、ルミのくるんとした白いしっぽを思い出す。

友人から、伊予柑を切って割りばしに差しておくと、目白が二羽で来て、食べ終わると仲良く押し合いへし合いの目白押しをすると聞いた。これは、目白の愛情表現かもしれない。来春は私も伊予柑を置いてみよう。

（川島由紀子）

嘴深く熟柿吸うたる眼白かな　原石鼎
目白鳴く日向に妻と坐りたり　臼田亜浪
「お兄ちゃん」呼んでみただけ目白来る　佐伯のぶこ
シャッターをちらと見ている目白かな　辻村拓夫
スピッツのしっぽくるりん目白来る　川島由紀子

鵙　もず

秋の深まる頃、句会にいけば必ずといって良いほど「鵙高音（もずたかね）」という季語の句に出会うが、あいにく、私はこの高音、意識して聞いたことがない。

もっとも、子どもの頃は動物好きで、図鑑はよく見た。鵙という鳥を知ったのは「鵙の速贄（はやにえ）」である。確か図鑑には、鵙は冬の到来に備えて食事を備蓄するために、枝に捕らえたトカゲや虫などを刺しておくのだ、と書いてあった。その用心深さ、なかなか僕に似ているなと幼心にいたく共感した覚えがある。

人間には好きな食べ物を先に食べる派と後に食べる派とがある。私は小さな時から、好きな食べ物は絶対に最後のお楽しみに残しておく方だった。ところが、我が子らは逆で、彼らは迷いなく好きな物を先に食べる派である。野菜ばかり食べてメインの肉などを残す私はいつも彼らの軽いケーベツの対象。「好きな物を一番最後に残しておくのはもったいないよ。嫌いな物でお腹がふくれてからじゃ、美味しさ半減だよ。好きな物から食べていくと、それが無くなったらまた一番好きな物を選んで食べていけるから、いつも好きな物を食べられて幸せだよ」という。この子ら、誰の子？

物も捨てられない私は、コンビニで弁当に付けてくれるお箸やレジ袋など、何でも貯め込む。「もしもの時」があったら困るからである。これも彼らにいつも「もしもの時って何？　それは何時？」と言われるが、そんな時、いつも鵙の気持ちになるのだ。平時にいつも「もしもの時」を思う鵙は、こんな凡人と違って我が心の友だ。

ところで最近知ったのだが、鵙の速贄、実は理由は分かっていない。美味しい物を後に残し、紐きれ一本捨てるのに躊躇《ためら》ってきた私の人生は裏切られた。子どもたちは今日も美味い物から食って幸せそうである。

ちなみにこの鵙、用心深く見えて、郭公の託卵の格好のカモらしい。（塩見恵介）

鵙の声かんにん袋破れたか　一茶
森の雲鵙の鳴く音とうごきけり　飯田蛇笏
これはこれは首を寝違え朝の鵙　平きみえ
百舌の鳴き方チーズの青い汚れかた　須山つとむ
「今でしょ！」はもしもの時に鵙高音　塩見恵介

行々子　よしきり・ぎょうぎょうし

俳句を始めるまで行々子を知らなかった。私の故郷、山国にはいず、（きっと天敵、鳶、鷹が多いせい）なじみの無い野鳥であった。よし、行々子を観に行こうと七月の暑い盛りに淀川鵜殿へ出かける。むんむんとする中で三十分ばかり行々子の大合唱を聞くが姿は見えないまま待っている車に急かされて帰宅。カメラマンらしき人は暑い中一瞬を狙って延々と待っていたようだ。その時以来、行々子は大唱和するものだと思ってしまった。

その後、今も実物は未確認。

ある時、お坊さんに恐る恐るどうしてお経は日本語で唱えないのですかと問うた。かねがねキリスト教は天にましますわれらの神よと言うではないかと思っていた。お坊さん曰く、例え話が多く翻訳するのが難しいのではと。

その真意は定かに分からないもののインド人は二五〇〇年前、形あるものは実体がないとかとお坊さんたちに説教されていたのかと思うとおもしろくもあり、偉大なインド人という感じ。最近その釈迦の歩いた道を歩いたが、二五〇〇年前とほとんど変わらない貧しさと何もない豊かさを感じた。

時々淀川の堤防べりを、ジョギングする。早春の淀川、北摂連山の風を受け、川むかい前方は男山、八幡山、広い河原。ここは歴史的な合戦の場所山崎の合戦等々、新暦に直すと七月、行々子は鳴いていたに違いない。水を求めて敗残兵もさまよったかも。

羯帝羯帝波羅羯帝（ぎゃあていぎゃあていはらぎゃあてい）の声、往き往きて彼岸に到達した者こそ悟りそのものである、めでたし。

春になると葦（あし）の新芽の中に一筋の赤い髄（ずい）を見つける。まるで一寸の虫に五分の魂を見るような赤い髄、春の堤防を走る。永遠に明日はないが彼岸は男山。（くぼえみ）

行ゝし大河はしんと流れけり　一茶
よし切や葛飾ひろき北みなみ　永井荷風
葭切や汐入川の満ちてきて　ふけとしこ
探偵の思い違いや行々子　児玉硝子
行々子波羅僧羯帝波羅羯帝　くぼえみ

動物園の動物たち

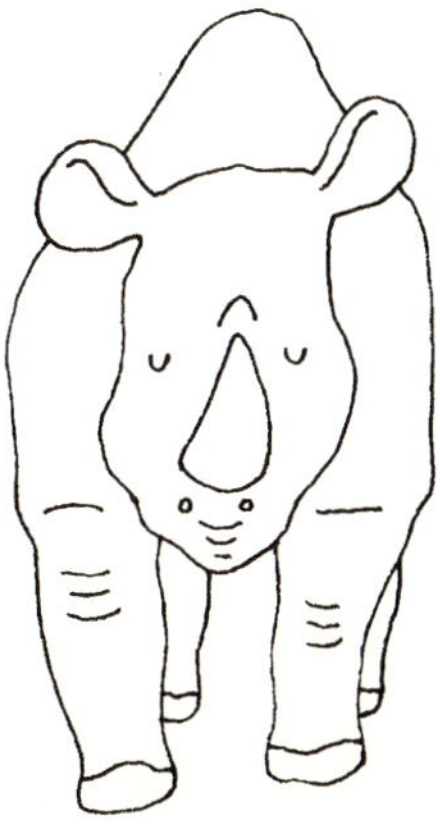

オランウータン

秋日和の日、闘病で気力が落ち込んでいた連れ合いが、久しぶりにドライブに行きたいと言い出した。それではといつものように身支度をして、ハンドルを握る。「どっちへ？ 右？ 左？」「左、能勢あたりにしようか」「じゃあ、トンネルをくぐって、ね」トンネルは有料道路。ETCカードを入れたが、出口近くになってもなにも反応がない。久しぶりのドライブでカードの入れ方が逆だと気付いた。車を走らせて分かれ道に出会うと、「右？ 左？」「うーん、真っ直ぐ」など言い合って気ままに走る。真っ直ぐ走るけどすぐに分かれ道。「じゃあ、今度は左、妙見山のほう」細い山道をくねくね、くねくね。「どうぞ対向車がきませんように。やだからね、こんな所でバックするの」などいいながら見通しのきかない山林を抜ける。山頂の神社をやり過ごして山を下り分かれ道を右へ。この辺りだと地理が分かるので地黄の「道の駅」をめざす。「今は野菜の端境期でお勧めは新米と栗だね」と地元の人。つやつやとした「銀寄せ」を四キロ買って帰路。

小さな盆地を突っ切って上り坂にかかろうとしたとき、杉林の緑の中にポツンと浮かぶように小屋らしきものを発見。遠目だがその小屋は宙に浮いているようで下に梯子が見える。その梯子を登って出入りするらしい。子どもたちの造る基地よりも屋根があるからずっと見栄えがいい。大人の隠れ家かもしれない。

オランウータンは世界最大の樹上動物で、人間にもっとも近いといわれる類人猿。スマトラやボルネオに生息し「森の人」と呼ばれ親しまれているらしい。一生のほとんどを樹の上で過ごし、葉や枝を使ってベッドを作り、雨が降ると大きな葉を傘のように使うらしい。多摩動物園のオランウータンはタオルを水につけ、絞って顔を拭くのだとか。連れ合いも私も申年生まれ、どこかの森で樹にぶら下がっている日があるかもしれない。

（陽山道子）

落ち武者のあるべき秋思オランウータン　藤田俊
虹すくっとオランウータンの棲む森に　塩見恵介
今宵月オランウータン首傾ぐ　陽山道子

河馬　かば

中学、高校生の頃、夕方はいつも乳牛のデザートである藁やりと糞取りが私の仕事だった。藁の束を持つと二十頭の牛が一斉に早くと見つめる様や糞を掻くスコップを持っていくと足や尾を上げて作業をしやすくしてくれた様を思い出すと懐かしい。その後社会人になり、動物との付き合いも興味もない私だった。近頃のペットブームも不思議に思うくらいである。

そんな私が今日は天王寺動物園へ来てカバを見ている。カバを見るにはここが一番。臭いがあまりしない。水が澄んでいて水中のカバが丸ごと見ることができる。詳しくは坪内稔典著『カバに会う』にあるので省略する。

カバ舎の前に来てしばらくすると若い母親と子どものグループが来た。カバを見た途端「おっきい」「デカ！」「すごい！」と声を上げるのは母親たち。子どもたちは柵の間から黙って見つめている。隣の水中透視プールに移って見ていると若いカップルが来て「何キロ位やろなあ」と何度も言い合っているので「二、三トンぐらい」と教えたがあまり反応がなかった。「死んだらどうすんのやろ。こんなでっかいの」と言いながら去って行った。

三十分もすると私はカバに慣れてきた。シッポで糞を撒き散らすのだが、その短さが愛くるしい。耳、目も小さい。足も短い。水の中にドブンとつかってゆっくり横座りして気持ちよさそう！水中では魚たちがカバの背中やお尻などいたる所を突っついている。水底の糞も突っついている。カバはあまり動かないで水中でゆうらゆら。前足で底をトントンとつつくようにして移動する。さっきからプールの周りの岩に鳥が二羽じっと水中を見つめている。置物のように。

見ることにも飽きてきたので説明板の方に行き読んでみた。そこには「魚はカバの糞や皮膚の虫を食べその魚を鳥が食べて三者が共生している」とあった。カバたちが羨ましいと思った。目標の一時間が過ぎていた。（久保敬子）

冬の河馬人には憂愁或は饒舌　石橋辰之助
カバの耳くるくる動き若葉風　近藤千雅
水澄んで世界の一部河馬の尻　児玉硝子
浮くカバのお尻にキッス水澄めり　久保敬子

カンガルー

振り返ってみると、好きなタイプは顔が大きな人だ。

お笑いタレントでいうと、〝ツクツクボーシ！〟の西川のりおにはじまり、宮川大助・花子の大助。「ルー語」のルー大柴や南海キャンディーズの「山ちゃん」こと山里亮太。あ、ボクシングでも頑張っている相方のしずちゃんもそこそこに大きい。この人たちの顔がテレビに映っただけで、思わず頬が緩んでしまう。画面の中で安定感があるので、安心感が生まれる。それで、句会などではそっと、顔の大きな人の隣に座ることにしている。大きめの私の顔が小さく見える、という下心もあるのだが。

動物の好みも同様で、例えば馬よりも河馬。虎よりライオン。猿よりはマントヒヒに親しみを覚える。のんびりしている塩梅(あんばい)が、そのまま顔の面積の広さに思える。

カンガルーは断然、小顔である。だからか、動物園で立ち寄った記憶がない。そこで久しぶりに砥部(とべ)動物園に出かけ、カンガルー舎の前のベンチに居座ってみた。立派で力強い尻尾の長さを入れると、やはり八頭身以上はあるだろうことが分かった。雫の形をした身体を横たえてこちらを見る姿はモデル張りで、ピンと張った角のような耳も美しい。説明書きには、耳が敏感だと書いてあった。なるほど、顔は前方を向きながら、縦長の鋭い耳の穴は後ろ向き。歩き方は、頑丈そうな後脚を短い前脚に寄せては前進する。そのたびに背骨があらわになる。

一時間ほど観察している間に、親子連れが「カンガルー！　ばいばー〜い」と、手を振りながら過ぎ去って行く。柵の中では、特技の跳躍を披露する機会はないし、子どもの頃から絵本などで知っている〝お腹の袋に子ども〟の姿でない限り、この動物はごくあっさりした人気のようである。文献によると、窮地に陥った老齢のカンガルーが後脚の一蹴りで見事に相手の内臓を破裂させたり、逃走中の雌には袋の子どもが邪魔で放り出すこともあるらしい。小顔は、やはり油断がならない。

（谷さやん）

缶ビール開けカンガルー日和かな　津田このみ
流れ星カンガルーのおならはきれい　森弘則
地にすみれ雲の間に間にカンガルー　谷さやん

キリン

キリンは一体どんな風景を見ているのだろう、と子どもの頃からずっと思っていた。約六メートルの身体から見える風景はきっと私たちが見ているものとは全然違って見えるに決まっている。キリンは視力も抜群に良いらしいし。一度キリンの目線になって、いろんな風景を見てみたいものだ。キリンの特徴ともいえる長い首だが、ほとんどの哺乳類と同様、頸骨の数は七個であるとか、首の長さと前脚の長さが同じであるとか、あらためて知ると不思議なことが多い。

また、キリンのまつ毛にも惹きつけられる。びっしりと密生した濃いまつ毛。時々、まつ毛が濃くて長い人と向かい合うことがあると、ついついまつ毛に目が吸いよせられ、「キリンみたい」と思ってしまう。私にとってこれは最大級の褒め言葉である。

そういうわけで動物園やサファリパークに行くと必ずキリンの柵の前で時間を忘れてたたずんでしまう。具体的に何かを観察しているわけでもなく、ぼんやりキリンを眺めてあれこれ想像しているだけだが。

ところで、実在の動物「キリン」とは別に「麒麟」という想像上の動物がいる。キリンビールのラベルに印刷されているあの動物である。中国の神獣で、形は鹿に、顔は龍に似て、背丈は五メートルあり、雄は頭に角を持つという。見た目と違い、非常に穏やかな性質で足元の虫や植物を踏むことさえ恐れるほど殺生を嫌うらしい。なんて優しくかわいらしいんだろうか。実在動物の「キリン」はこの「麒麟」に姿が似ていたことから日本名の起源となった。

　以前サファリパークで、キリンにエサを与える体験をしたことがあったが、こちらは可愛い顔に似合わず、すごい力でエサに食いつき引っ張り、私は手まで持って行かれるかと思った（どのキリンもそうだというわけではないだろうけれど）。

（内野聖子）

断雲浮いてキリンに喰べられる　富沢赤黄男
苦しくて虹を吐きだすキリンかな　小倉喜郎
秋の雨きりんの足を見て帰る　田彰子
天高く見てみぬふりのきりんかな　内野聖子

コアラ

コアラはご存知オーストラリアに生息する動物。日本では動物園等で見られるものの、夜行性ゆえに木にしがみついて丸くなって熟睡している。目が開いているコアラを見られただけでもで嬉しい。

さて、そのコアラを二十歳の誕生日に見に行った。オーストラリア郊外をバスで動物園へ。ユーカリの木々が車窓を流れては現れる。

そのユーカリをコアラが大好物であることは周知の事実だ。聞いた話によれば、それでも動物園のコアラは出されたユーカリを拒絶してしまうこともあるそうだ。

そのユーカリの木には、なんと八〇〇種から一〇〇〇種にもおよぶ品種がある。コアラはそのうち同じ品種ばかり続けて食べていると、やがてそれがストレスになるという。だからコアラはいくら大好物であっても餌を食べなくなる。しかし、その多くの品種の中からコアラが食べられるユーカリは数十種に限られる。それゆえ動物園の飼育員は、毎日違うユーカリの品種を用意しなくてはならないらしい。違いの分かるコアラ。なんてコアラは繊細な神経の持ち主でいて、グルメ家なのだろう。

こうしてコアラの事前情報を得てから目的地に到着。オッサンたちの昼寝としか言いようのないカンガルーゾーンを通り抜け、いよいよ待望のコアラゾーンへ。期待膨らむそこへ入ると、カンガルーに負けず劣らず凄まじき寝相のコアラたちが眠っていた。木を背もたれにして、足を投げ伸ばして寝ているコアラ。足を組みウッフンと色っぽく寝ているコアラ。上半身が木からはみ出て今にも落ちそうなコアラ。コアラの沽券に関わるためここまでに留めておくが、それはそれは私が思い浮かべていたコアラ像とはかけ離れていた。

どうやら繊細な美食家コアラは、相反して無意識のところでとても大胆なようだ。この日をもって成人した私、広いこの地球上は知らないことばかりと痛感した。

（船井春奈）

梅雨さむくコアラの夢のそばにいる　林田麻裕
青葉雨午前はコアラ気分なの　山岡和子
だっこするコアラもだっこ春の夢　船井春奈

ゴリラ

六十も半ばになった者が五人、長生きの秘訣は何かという話になった。ああだこうだと盛り上がった末に、一番年嵩の女性がこう言った。「結局のところ、キョウヨウとキョウイクやね」みんな一瞬きょとんとしたが、つまり「今日用事がある、今日行く所がある」ということ。ちょっとした緊張感と社会とのつながりが長生きの秘訣だと彼女は締めくくったのである。

さもありなんと思っているところへゴリラについてのエッセイを書いてみないかと依頼があった。ああこれでやっと私にもキョウヨウがついた。

ところで私にはゴリラについての知識も経験もない。三十六年勤めた役所でも、カバやペンギン、イタチなどあだ名についた人間はいたが、ゴリラはいなかった。動物園でもゴリラをしげしげと見た記憶がない。映画のキングコングを観たぐらいである。ともかく本物のゴリラが見たい。神戸市立王子動物園に行くことにした。

ここにはヤマトとサクラという二頭の西ローランドゴリラがいる。三十六歳と三十五歳（年齢換算は人間と同じとのこと）。夫婦だが子どもはいない。見た目とは違い神経質でナイーブなこの草食動物は繁殖させるのが難しく、日本では二十数頭しかいないという。
ヤマトとサクラは夏の午後の強い日差しを避け、それぞれが木陰に、塀の影にと離れてくつろいでいる。ヤマトをよく観ると、布袋のような腹、寿老人のような頭、そして哲学者のような目をしている。カラスが近づくと胸を叩いて追っ払い、木枯紋次郎のように枝を一文字にくわえて座る姿はカッコイイ。見飽きることなく一時間。最後にサクラを見ると、仰向けになって右足を塀に上げ、左手をだらんとさせながら、右手で内腿を掻いている。うーん、この姿誰かに似ている。
辞書でゴリラを引くと、現地語で「毛深い女」とあった。言っておく、私の連れ合いは断じて毛深くない。

（長谷川博）

月光を背に立ち上がるゴリラかな　　久保敬子
二人きりになりたし初夏のゴリラと　　谷さやん
立秋のゴリラ仰向けあひる口　　長谷川博

犀　さい

私はとべ動物園の犀「ストーム」、現在一五〇〇キロ、この犀舎の世帯主である。今日は連休明けでとても静かである。まず、ここの動物園に初めて来た人は「白熊のピースはどこですか」と聞く。全国的に有名な一番の人気者だ。私のいるアフリカストリートは一番奥だから、仲間たちの様子がよくわかる。

ここの動物たち皆がひそかに尊敬しているのが、兎さんとモルモットさんたちだ。休日ともなると、朝から夕方まで「ふれあい広場」で、来園者さん相手の仕事が待っている。名前のとおり子どもたちに抱かれたり、触られたり。噛みついてはいけない、あばれてはいけない……考えただけでも、兎さんたちはストレスがたまって大変そうである。その点、檻の中の我々はある意味気楽だ。すごく暑かった昨日なんて、もう家族三頭揃って犀舎の中で寝てしまったよ。

そんな我が家もテレビカメラがやって来て、それはもう賑やかなことがあったなぁ。二〇一一年二月に、黒犀のライ君が産まれた時のことだ。産まれた時は九十センチ、四十キロと、とっても小さくて可愛いライ君を目指して、子どもたちが走ってくる。名前もみんなで考えてくれた。写真もいっぱい写してくれた。あの時はのんびり昼寝なんてできなかったな。今年はこのストリートでも、アフリカ象の女の子が六月に産まれ、また賑やかな注目スポットとなっている。

犀舎の前には河馬さんの大きな池があり、みんな、思っているよりずっと大きい河馬さんの身体に驚いている。

動物園の花形のアフリカゾーンだが、犀舎は地味なせいか、人通りがちょっと少ない。逆に言えばノンビリできるということでもある。時々、じっと犀舎の前で立ち止まっている男の子がいると、嬉しくなって世帯主としてご挨拶にいくのである。

（河野けいこ）

そうではないということにする犀どどど　本村弘一

秋の日の犀は孤独の四角です　中林明美

秋の雲犀の無口に付き合ひぬ　河野けいこ

縞馬　しまうま

小学生の時、春・夏・冬休みは母の実家で過ごした。終業式が終わった日の午後に出かけ、始業式の前日に帰宅、四十日余りを過ごしたこともある。楽しかった。祖父母と伯母とその娘（いとこ）、叔母が暮らしていた。伯母は戦争未亡人で新制中学校が出来たとき、家庭科の教員になった。朝五時ごろ起きてかまどに薪をくべ、お釜でご飯を炊いてから出勤していた。

ゴム跳びやかくれんぼをしたり、「ねこ踏んじゃった、ふんじゃ、ふんじゃ」と足踏みオルガンを弾いたりした。遊び疲れると三歳年上だったいとこの部屋で、「少女」や「ジュニアそれいゆ」などの雑誌を読む。玄関先に突き出た三畳ほどの部屋。「はたびや」と呼んでいたが、のちに「機部屋」だと知った。幼くして父を亡くしたいとこを愛しんで私が派遣されていたのだ、と思い至ったのは子どもができてからだ。

結婚後、生活の必要上、共稼ぎをして困ったのは子どものこと。特に上の子（娘）は、まだ育児休暇の制度もなく、半分は実家で母に育ててもらった。

時は流れ、晩婚の娘に娘が産まれた。息子のお嫁さんには専業主婦になってもらったのに、娘は共働きをすると言い張る。孫はかわいい。しかし、私に子守を!?
娘に二人目が出来た。切迫流産のおそれありとのことで絶対安静。出産予定日まで半年もある。孫が保育所を休む日、母のようにじっと相手をする根気がなく、京都動物園に連れて行った。昼寝するとシマウマ舎の横にベビーカーを置いた。隅にあり静か。若いオスは草食動物なのに鋭い牙を持ち、メスを取り合い、チーターやライオンを蹴っ飛ばす程の力で後ろ蹴りをするとか。檻の中のシマウマは少し走るだけ。シマウマの縞は個体ごとに異なり、老いると気性が荒くなるそうだ。
孫が「ヒマウマ」から「シマウマ」と言える二歳になってすぐ、無事二人目が産まれた。

（塩谷則子）

縞馬のネクタイになる文白蝶　　松永静子
縞馬の白いところが暑がりぬ　　松永典子
シマウマの気性に似たか花吹雪　　塩谷則子

象　ぞう

地元の動物園の象の印象と言えば、糞が巨大で臭いが強烈だったということ。ここの動物園は見学コースをたどっていくとちょうど折り返し地点的なところに象の獣舎があって、うかれ気分で前半のコースを周り、チンパンジーだのライオンだのを見てキャッキャやってる流れで、象のところにたどり着くと状況は一変。体中に糞の臭いが染みついてしまったような錯覚に襲われ、コースの後半は全ての印象が象の糞に埋もれてしまう。動物園に行くたびに同じことの繰り返しだったような、振り返ってみるとそういう記憶ができあがってしまっていた。

しかし、象は体が大きく糞も巨大で大量だから特別に臭く感じられるだけであって、他の動物だってそこそこ臭かったはず。記憶の中では、アメリカバイソンあたりも結構なものだった気がする。そもそも動物の糞が臭いのは当たり前の話で、そもそもお前のウンコは臭くないのか、と言われたら、臭くないとは口が裂けても言えないのは、ウチの奥さんが証人となってくれるだろう。ある意味、象の糞の臭さとは、人工的空間である動物園の中にあって、野生の真実を教えてくれる貴重な役割を果たしている、なんて言ったらちょっと大げさすぎるだろうか。

さて、ウィキペディアに「象の糞のリサイクル」という項目を発見。それによると、象の糞は、堆肥になるというのは分かりやすい方で、紙になったり、さらには糞の中から回収した豆から高級コーヒー豆が作られたりもすると出ている。中でも驚きなのが、象の糞から発生するメタンガスを家庭の調理用に使ったり、車の燃料にしたりしているところが実際あるということ。なんかすごいことになっているみたい。ということで、最後に謝罪。

象さん、ウンコが臭いなんて言ってゴメンね。

（静誠司）

象に乗て小さき月に歩きけり　尾崎放哉

春風や象引いて行く町の中　正岡子規

冬はじめ船につまれて象が来る　木村和也

秋日和象はしわしわそしてべちゃ　南村健治

秋風にますますスローなんだ象　静誠司

駝鳥　だちょう

部屋の片付けをしていたら、古いアルバムが出てきた。中には幼稚園生だったころの写真がたくさん。かれこれ、二十年前の自分がそこにいる。

片付けにも飽きてきた。ここらで昔の自分のところへ少し寄り道をしたいと思う。

入園式や運動会、クリスマス会など、たくさんの行事の写真を眺めながら色んなことを思い出していたが、さて、その中で一番笑ってしまったのは、次の写真だった。

今は昔、幼稚園に動物園からたくさんの動物がやってきた。動物と触れ合うことが目的で企画され、敷地内には、牛やらアヒルやら猿やらが所狭しと配置されたのだ。

元々、動物は好きだったし、子どもらしくキャッキャと遊んでいたのだが、その中において異様な物体を発見したのを、今でも覚えている。——ダチョウだ。

ダチョウは、その胴体のみが毛で覆われており、頭と脚にはあまり毛がない。見た目がとてもクレイジーな鳥類である。こんな不思議な鳥が飛んだら、どんな感じなのだろう。飛べないことは知っているが、無理矢理にでも飛ばしてみたいと思う。しかし、どうすればコヤツは飛ぶのか？　考えた末に思いついたのは、コヤツを驚かせること。園内を暴れ回るかもしれないが、そのときはそのとき。飛ぶ姿さえ見られればこっちのものだ。

……だが、待て。――やはりヤツを目の前にすると怖い。そもそも、羽があるくせに、それを活用しないのは何故だ。子どもながらにそれが不可思議で、じゃあなんで羽があるのかを考えれば考えるほど、その存在の意味の無さに、むしろ恐怖を感じてしまった。

――あかん、やはりコイツは倒さなあかん。

と、おもちゃの剣を片手にダチョウへ立ち向かう僕が、写真の中にいた。

得体の知れない物体に立ち向かっていくとは。五歳児ながらやるじゃないか、僕。

（山本たくや）

秋の風ふいてゐる駝鳥大股に　富沢赤黄男

駝鳥の子脚逞ましくをかしけれ　永田青嵐

東京の首夏を駝鳥がちょっと走る　池田澄子

ジューンドロップ駝鳥の卵割れる音　鶴濱節子

天高く剣を振りぬき撃て！ダチョウ　山本たくや

虎　とら

虎が吠えた。昭和六十年、阪神タイガースは悲願の日本シリーズ優勝。

兵庫県北部の山間部で育った私は、野球チームと言えば巨人。テレビは巨人の試合しか映らず、さほど野球には興味を持たなかった。そんな私が、阪神タイガースに興味をもったのは、就職した昭和五十三年。勤め先の当時の理事長が、職員全員を弁当付きで、甲子園のナイターの試合に連れて行ってくれた。初めて見るプロ野球の試合。その光景は夢を見ているようだった。理事長は、阪神タイガースの後援会長やテレビのゲスト解説などをされ、阪神タイガースがセリーグ優勝を決めた日の特別番組にもゲスト出演をされた。職員野球チームの総監督もされ、甲子園球場を借りて対外試合もした。私もそのマウンドで投げた。昭和六十年十月二十六日、虎が大きく吠えた。日本シリーズ、西武ライオンズとの第一戦。この日、私の長男が生まれた。甲子園球場では、八回にバースがホームランを打ち、三対〇で勝利を挙げた。まさに、〝バースデー〟。そして十一月二日、阪神タイガースは見事に日本一を決めた。

トラが来た。私が小学三年生の春、姉が連れて、トラが我が家にやって来た。

姉は六人兄弟の三番目。中学校を卒業すると、多用な父と病に倒れた祖父に代わり農業を継いだ。雪の降る冬の期間、姉は赤穂市の紡績工場へ働きに出た。寮の集団生活の中で、その息抜きの一つとして文化手芸に出会った。リリアンを布に編み込み、それをほぐして毛羽立たせ立体感を出す。その初めての作品がトラだった。雪どけとともに、縦五十センチ、横百センチの枠に入れて、姉が持ち帰ってきた。客間に飾られ、硝子玉の目は、どこから見ても、こちらを睨み、今にも寄って来そうだった。姉が嫁ぐ時、トラは一緒に行った。今は姉の嫁ぎ先に飾られている。トラは、姉の人生の多くを見ている。（岡清秀）

とらのこのとらの斑も見ゆ草いきれ　室生犀星
秋雨や漆黒の斑が動く虎　渡辺水巴
虎三頭われら宇宙論に夢中　若森京子
冬の夜も虎はバターになりやすく　山本純子
虎刈りのぷかりぷかりと夏休み　岡清秀

ナマケモノ

人は皆ハタラキモノと呼ばれたがる。子どもは教科書の下に漫画を隠し、お母さんは家事の合間に食べていたせんべいを隠し、お父さんは仕事と称して開いたパソコンの癒し画面を隠す。そして一様に「イソガシイイソガシイ」と言う。人間界ではイソガシイものほど尊敬され労られるから、イメージ戦略である。身近な怠け者はうとまれる。怠け者がいればその分、周囲の仕事量が増えるので致し方ない。

一方、離れた場所にいる怠け者は人気がある。盛んに出現するゆるキャラはその典型である。確かにゆるキャラのプロデューサーや、着ぐるみの中身は忙しいに違いない。しかし、ゆるキャラはその顔つきが怠けている。克己心や向上心のかけらも感じられない。

そして動物園のナマケモノである。ナマケモノは総選挙で選ばれ、センターをはる動物ではない。見た目は地味だし、夜行性専用の建物の中でさえほとんどの時間を動かず、じいっと木にしがみついている。

ところがなぜか、檻の前を通りかかる人は必ず「ナマケモノ！」と嬉しそうに叫ぶ。そして

「ナマケモノがいかにナマケモノであるか」を語ろうとする。語る後ろでたまたまナマケモノが活発に動くと、不満げになる。目を閉じて木にぶら下がるおきまりのポーズならば、我が意を得たり。「ほんとに怠けてるな」とか「動きたくないよ～って言ってる～」とか言いたい放題である。

ナマケモノの四本足には、キャプテンフックの凶暴な左手を思わせる鉤爪がある。厚切りタンのような肉球は固くしまり、長毛の下にうもれがちな瞳は機敏に辺りを窺い、濡れてぴくっく黒い鼻は、遠く離れてなお、ジャングルの息吹を嗅いでいる。また、ナマケモノは一日約八グラムの草のみを食べる究極のエコ動物らしい。

ナマケモノはそんなすごさをひた隠し、あえて「デクノボーと呼ばれ」る粋なやつである。

（水木ユヤ）

春空雲なくなまけものとしなまけてゐる　種田山頭火
夏の月微笑むようにナマケモノ　山田まさ子
小判草広がり困るなまけもの　料治晴美
永き日を三つ編みするやナマケモノ　水木ユヤ

パンダ

日本に初めてパンダがやって来たのは一九七二年。日中国交正常化を記念して、中国からランランとカンカンが上野動物園に贈られた。たちまち日本はパンダブームに沸いた。当時中学生だった私は、パンダのマスコット人形作りに夢中になった。仲良しの友人たちとお揃いのパンダ人形を作り、鞄や補助バッグにぶら下げて登校した。振り返るとそのミーハーぶりに赤面するが、当時はパンダがもっともナウい（死語！）、存在だった。パンダを思うとき、多感な青春時代の入り口にいた当時の事が生き生きと鮮やかに蘇る。

本来、中国の山奥にひっそり棲んでいるパンダは、人間よりもずっと前から地球上にいたらしい。性質は温順で攻撃性はない。しかし、その愛らしい風貌とは裏腹に生き残るためのしたたかな進化を遂げてきた。氷河期には笹を食べて耐えたパンダ。白黒の模様は氷河期の保護色になったという。パンダは大食いでふんの量も大量。しかし、笹を食べるので悪臭はなく、あまずっぱい芳香がするという。パンダ好きの黒柳徹子さんは、このふんの匂いをかぎ、「これでパンダ香水ができないかしら」と冗談を言ったとか。

私はまだ本物のパンダを見たことがない。いつか見に行きたいと思いながら実現できずにいる。まん丸顔の垂れ目ちゃん、白黒模様の三等身。仕草の愛らしさは人間の子どもを彷彿とさせる。世界で最も人気のある動物のひとつである。パンダを見るためだけの旅をしたい。パンダの事を考えているうちにそんな思いが膨らんできた。現在、日本でパンダに会えるのは三か所。東京の上野動物園、和歌山のアドベンチャーワールド、神戸の王子動物園である。その気にさえなれば、近いうちに叶うであろう、ささやかな夢である。目の前に小さな目標ができると、日々の暮らしのキラキラ度がアップする。「そのうちに」ではなく、「今でしょ！」を大切にしたい。

（中居由美）

タイヤがぶらりパンダがごろり天高し　鈴木みのり

G・Wパンダはおしりをむけたまま　黒田さつき

アンパンマンパンダプリキュアつくづくし　中居由美

フラミンゴ

「動物園にいる動物を挙げて」と言われたら、ゾウやキリンほどではないが、おそらく二十番目ぐらいまでには出てくるんじゃないだろうか。フラミンゴ。どうしてかはわからないが、昔から動物園にいる印象が強い。もちろん、近所の水辺にうじゃうじゃいるわけではない。遠いアフリカのどこかの国にいるに違いない。ゾウやキリンもその辺にうじゃうじゃいたりはしないが、フラミンゴの感じとはちょっと違う気がする。小さな子どもに絶大な人気があるかと言われれば、正直なところそれほどでもない。動物園のフラミンゴゾーンが黒山の人だかりという話も聞いたことがない。なのに昔からいるよなぁと思える動物。それがフラミンゴだ。

そんなフラミンゴとの微妙な距離感はどこから来るのだろう。フラミンゴが水辺に何万羽も群居している。何かの拍子に一斉に飛び立つ。そんな映像はどこでいつ刷り込まれたのだろう。昔よく見ていた『野生の王国』だろうか。あるいは幼稚園児だった頃に見た動物図鑑だろうか。それとも、実は動物園で何度も見ていたのに忘れているだけなんだろうか。いや、もしかしたら脳の海馬と呼ばれる部位のすぐ横にフラミンゴと呼ばれる部位があったりして、何かの拍子にそこが反応するんじゃないだろうか。そんな想像があながち間違いだとは思えないほど、フラミンゴは懐かしい。動物園にいたフラミンゴ。ベニツルという和名など知らなくてもいいフラミンゴ。一本脚でいる鳥は他にもいるらしいが、とにかく一本脚のフラミンゴ。いつ見てもフラミンゴ。鮮やかな色と特徴からその姿は容易に想像されるものの、今ひとつ頼りなげな鳥。フラミンゴ。

大切なのは、きっとその名の響き。試しにフラミンゴ、フラミンゴ、フラミンゴと声にしてみる。どうかな。やっぱり脳のどこかにフラミンゴが一本脚で立っているんじゃないかな。

（若林武史）

フラミンゴの脚ばかり見る寒さかな　　内田美紗

緑さす受付嬢はフラミンゴ　　三宅やよい

三が日正直だるいフラミンゴ　　若林武史

ペリカン

ペリカンで思い浮かべたこと二つ。一つは知り合いの小西昭夫の第二句集のタイトルが『ペリカンと駱駝』だった。まだ若いころの小西が季語でない動物の二種を句集のタイトルに使っていることが、そのころもそして今もなんだか気になっている。

もう一つは、テレビで見た一本のドキュメント番組のことである。カッタ君というペリカンとある幼稚園の子どもたちとの交流を追ったもので、これが結構面白い。

こういう交流は、よく取り上げられるが、このドキュメントでは主人公たちの背丈がほぼ同じくらいなので、どちらが仲間だと勘違いしているのか分からなくなるところがおかしい。

カッタ君は子どもが大好きで、子どもたちはカッタ君が大好きなのだ。

川向こうの幼稚園でしばらく遊んで帰るのが、カッタ君の毎日の日課だ。

どうやらカッタ君は「ミックスジュース」の歌が一番好きな歌らしい。「ミックスジュース、ミックスジュース、ミックスジュース」と子どもたちがとんでもなく声をはりあげて歌う歌だ。

この歌には、カッタ君はとくに激しく大波のようにからだを揺りうごかす。

しばらく、カッタ君は子どもたちとたのしく遊んで帰るという日々を続けていたが、ある日からなぜか来なくなってしまう。カッタ君が毎日とおくまで行くのを心配した飼主がカッタ君の羽の筋を切って外へ飛んで行けないようにしたからだった。このあと寂しく思った子どもたちが池を訪ね、「カァッタ君」と呼びかけても、カッタ君は返事もせず子どもたちに背を向けたまま、じっと立っているだけだった。もう子どもたちのことは忘れてしまったのだろうか。こんなドキュメント番組だった。

思い浮かぶのが、この二つじゃあペリカンじゃなくたって書けるでしょと言われそうだが、やっぱりペリカンだから書けたというしかないか。

（本村弘一）

ペリカンの餌の寒鮒の泳ぐなり　日野草城
ペリカンの嘴に魚見し春の風　大谷碧雲居
ペリカンにアルミの匂いそぞろ寒　寺田良治
ペリカンのかなたが落ちる冬の星　南村健治
ペリカンをあらよと抛る夕立かな　本村弘一

ペンギン

どうぶつえんのペンギンたちのなかにいっぴきだけほんきでそらをとびたいペンギンがいる。ペンギンじまのいわのうえからはねをぱたぱたしてとびあがっても、そのままおっこちておおきなこぶをつくったり、みんなといっしょによちよちあるかないでそらばかりみつめている。しいくがかりのおにいさんがあるひ　よるおそくまでどうぶつえんで、しごとをして、かえろうとしたときにそらをとびたいペンギンが、なきながらペンギンじまのいわのうえでそらをじっとみている。

おにいさんはペンギンがかわいそうになって、おにいさんのいえにつれてかえった。おにいさんはペンギンをおんぶして、でんしゃにゆられて、えきにつくとかいさつぐちをとおって、よみちをあるいて、アパートについていっしょにおふろにはいって、ごしごしとペンギンのわきのしたをあらったら、ペンギンはわきのしたがくすぐったくて、はねをぱたぱたしてにげても、ペンギンのわきのしたはこんなときじゃないとめったにあらえないから、わきのしたをもっとごしごしあらったら、ペンギンはますますくすぐったくて、もっとはねをつよくぱたぱたしたしゅんかんにひらっととべちゃって、ペンギンひょんなかおになっても、ふわふわゆらゆらとべちゃって、おふろばのかべにぶつかっても、とべちゃって、おふろばのてんじょうにぶつかっても、とべちゃって、ペンギンはとべちゃうのがあたまりまえになってきたら、すすすすいととぶリズムがでてきたら、おにいさんはおおよろこびで、おふろばのまどをおおきくあけて「さあ　とんでいけ！」とさけんだら、ペンギンはからだにくっついているせっけんのあわをしゃぼんだまみたいにとばして、おふろばのまどからとびだしていった。

このペンギンの話は失敗である。ペンギンは羽をぱたぱたするのではなく、ミサイルみたいにしゅるしゅる飛んでいくほうがいい。

（ねじめ正一）

ペンギンが飛ぶ八月の青い空　　藤野雅彦

ペンギンを鞄につめてごめんごめん　　本村弘一

冬空にミサイルペンギン10000匹　　ねじめ正一

マントヒヒ

動物界脊椎動物門哺乳綱霊長目オナガザル科ヒヒ属マントヒヒ。霊長目まではヒトと同じである。

彼らは写真では見ているが、これまで、実物を見た記憶はない。最近行った動物園は京都と天王寺であるが、そういえばお目にかからなかったと思う。念のためと思い両動物園に問い合わせると、案の定うちにはいませんという返事。

早速、動物園水族館協会のホームページを開いてマントヒヒのいる動物園を調べると、協会加盟の全国八十六か所の動物園のうち十七か所がヒットした。かの上野動物園にも、京都、天王寺、王子にもマントヒヒはいない。京都から近い所では、白浜の「アドベンチャーワールド」、犬山の「モンキーセンター」、それと岡山の「池田動物園」にはいるらしい。これは是非生きた彼らに会いに行かなければならない。同じ行くのなら、これまで行ったことのない動物園に行くことにし、犬山までマントヒヒに会いに行くことにした。

新幹線、名鉄、バスを乗り継いでモンキーセンターへ。ここには、約七〇種九五〇頭の世界のサルがいる。入園料は一六〇〇円。真っ直ぐにアフリカ館へマントヒヒに会いに行く。長い毛の真っ赤なお尻のオスが一頭とメス、小猿が四頭。オスでも小猿にはまだ長い毛も真っ赤なお尻もない。

マントヒヒは、自然界では単雄複雌の小集団が集って大集団をつくり暮している。たった五頭ではきっと淋しかろう。ここのオスには図鑑のような立派な毛が見られない。訊ねると、この夏ごろから頭の毛が少し抜けたようだと。名古屋の暑さのせいか。マントヒヒにもヒトと同じように毛深いのやら薄いのやらの個体差があるらしい。サルにも人並みにストレスがあるのかも。きっとそうだ。

（藤野雅彦）

妻も子もわれもA型マントヒヒ　　小西昭夫

澄む水のかげを見ているマントヒヒ　　須山つとむ

秋天へ尻向けているマントヒヒ　　藤野雅彦

ライオン

あの鬣（たてがみ）はいかに……。この度、雄ライオンを好きになるべく、いろいろと努力を重ねるも……挫折。なぜか、あの鬣が気になる、というよりは気に入らない……。なぜだ！

一方、雌ライオンや仔ライオンは好き。あの、大きめの白玉だんごに黄粉をまぶしたような耳も良いし、ぶっとい足の平も好ましい。

よく、「犬派か猫派か」という問いかけがあるけれども、私はどちらも好き。これまでに、どちらも飼っていたし、現在も、実家では犬も猫も飼われている。

だから、猫嫌いだからライオン嫌い、という公式は成り立たない。雌ライオンは好きなんだしね、と思ったところで、閃めいた!!

雄ライオンは、ネコ科のくせに犬っぽいからだ！と。

つまり、あの鬣と、群れをなしていること。その上、群れの頂点に立っているにもかかわらず、自分は狩りをしない。それらのことが私を苛つかせる。ついでに言えば、雌ライオンに狩りをさせ、自分は食べるのみなのである。その生態が、私には犬でもなく、猫でもない、というところに決着する。

ライオンが主役で、とても好まれている作品に『ジャングル大帝』があるけれども、私の好みではない（もちろん、レオは可愛いですよ）。唯一、ライオンが主人公で好きなものは、ライオンらしくないライオンの童話、『らいおんライオー』（西内ミナミ作、山崎たくみ絵、一九七五年）。ライオーという名の退屈ライオンの話。一応、王様なのだけど、退屈で、おとぼけで、お調子者で、ちょっとおバカさん。そんな憎めないらいおんライオーが、食べ過ぎでダイエットを始めるところでお話はおしまい。やっぱり、憎めない。

ちなみに『らいおんライオー』は私、妹、娘と愛読されている。これはもしや女丈夫の系譜？

（朝倉晴美）

らいおんがかばんのように秋の日に　小枝恵美子

ライオンのジゴロな目線冬うらら　火箱ひろ

初夢やライオンの髪三つ編みす　朝倉晴美

駱駝　らくだ

駱駝の目は大きい。

その黒目がちの瞳は穏やかで儚げでほんのすこし悲しげでもある。そしてときどき笑っているような表情を見せることもある。駱駝はきっと人の善い動物である。

そんな駱駝のことを初めて意識したのは、小学校で「月の砂漠」という歌を習ったときのこと。教科書の挿絵には、アラビアかどこかの国の見たこともない異次元のような光景が描かれていた。月光に輝く白い砂漠を、駱駝に乗った王子様と王女様、金と銀との鞍置いて。美しい旋律のその歌は大好きな歌になった。

それから月日が過ぎて、アメリカのアリゾナ砂漠やメキシコの砂漠をドライブしたことがある。砂漠の真ん中にいるというのは不思議な感覚だ。原始のままの世界にいるような感覚。あたり一面視界の届くかぎり建造物は何もない。遥かかなたにある山の麓まで砂漠が続いている。遥かな山は朝日を浴びると淡い紫やオレンジ色を放ち、夕日の中では薄いピンク色に染まる。昼間はゆったりと大きな雲が渡って行く。

砂漠のドライブはドラッグハイのようなものだろうか。胸の底からひたひたと湧き上がってくる原始の記憶、あるいは動物時代のＤＮＡのようなもの。

もしも車が通行していなければ、ここはあまりにも静かというより無音の世界ではないだろうか。そんな砂漠にもたくさんの動物が棲息しているらしい。メキシコ砂漠にはチュパカブラという伝説の動物がいるそうだ。

いつの日にか駱駝の背に揺られながら、ゆっくりと、砂漠を渡っていきたいと思う。もしもそんな日がきたらその日砂漠は月光を浴びて、白く輝いているだろうか。そして駱駝は優しく背中に乗せてくれるだろうか。

（角田悦子）

砂を来る駱駝の足の暑さかな　　松根東洋城
暖かや首のべて駱駝うづくまる　　臼田亜浪
立春大吉フタコブラクダのふたこぶめ　　塩見恵介
永き日のつぶらで恐い駱駝の目　　えなみしんさ
月揺れて駱駝と揺れる砂漠かな　　角田悦子

ラッコ

烏賊のゲソ、鮑、雲丹、すし屋のカウンターで注文するグルメではない。ラッコの好物なのだ。大阪の海遊館のラッコは雌ばかり、エレン、二十四歳（人間年齢推定八十歳以上、国内最高齢）、もう一頭はパタ、十七歳。給餌時間に行きその様子を見た。ラッコは大食漢、体重二十六キロのエレンは一日に三キロの餌を食べる。人間ならば体重六十キロの人が五十杯のご飯を食べることになる。海遊館では鯵、鮭を三角形の一口サイズに切って与える。好物の烏賊のゲソは最後に与えないと他のものを食べなくなる。その日は敬老の日が近く、エレンに特別メニューの伊勢海老が振る舞われた。エレンは伊勢海老を両前足で摑み頭から一口大に食いちぎり残りを胸に抱き、水中にもぐりくるりと回りながら食べる。時々破片を水中に落とす。それを目ざとくパタが拾う。食後エレンにプレゼントされたフリスビーを、パタが取って胸の上に置きくるくる回したり、パンパン叩いたりして遊んでいた。

ラッコはアイヌ語、漢字表記は海獺、英語で sea otter。

正岡子規は別号、獺祭書屋主人、忌日は獺祭忌。獺祭とは、カワウソが多く獲った魚を食べる前に並べておくのを、魚を祭るのに例えたこと。同じように資料の本をいっぱい並べて書く自分を、子規は獺祭書屋主人と言った。ラッコを見ていて、子規の横顔の写真を思い出した。そういえばグルメで健啖家、好奇心旺盛なども似ているではないか。

ラッコは泳ぐのは苦手で、素早い動きの魚を獲ることができず、動かない貝や雲丹を獲って食べる。哺乳類で、肺呼吸するが、陸を歩くのは泳ぐよりもっと不得手。敵に襲われないよう水中で暮らすが、生息地はアラスカ、カムチャッカと寒冷地、あの可愛い両手出しポーズは毛の生えてない手足を水中に浸けておくと体温を保てないから。大食も同じ理由。ウミウソのラッコもカワウソの子規も私は好きだ。（西村亜紀子）

秋の空ラッココッコッ星砕く　平井奇散人
あらあらまああらあらラッコ雛祭　中村あいこ
敬老日ラッコのように健啖家　西村亜紀子

鰐　わに

子どもの頃、動物図鑑を見るのが好きだった。その図鑑にある好きな動物を父や絵の上手い年上の友人たちに頼んでよく描いてもらった。それがぼくの宝物だったのだが、今思い出してみると、ぼくが好んで描いてもらったのは、犀や鰐などのごつごつとした感じの動物だったような気がする。おそらく、それらの動物がまるで鎧を着ているようで、強そうに見えて憧れたのだろうと思う。

しかし、動物園で最初に鰐を見たときにはガッカリした。それがいつのことか、どこの動物園かももはやはっきりしないのだが、ガッカリしたことだけははっきり覚えている。というのは、折角鰐を見に行ったのに、鰐は全く動かないのだ。いくら待っても動かない。そのことが妙に印象に残っているのだ。

もう一つ覚えているのは、外国の人が日本に来た時にお礼をいうときのために、「アリガトウ」という日本語を教えられたのだが、もし忘れたときには鰐の種類の名である「アリゲータ」といえばよいと教えられる。その外国の方が日本に来てお礼をいうときになって「アリガトウ」を忘れてしまった。しかし、鰐の名をいえばよいということは覚えていて、その人は「オー、サンキュー、クロコダイル」と答えたという。小学生か中学生の頃に聞いた笑い話だと思うのだが、授業の時に先生から聞いたことだけは間違いない。しかし、どの先生から聞いたのかはもはや定かではないが、この笑い話をよく覚えているのは、鰐にはアリゲータとクロコダイルという種類があることを初めて知ったからだろう。アリゲータとクロコダイルという音の響きも印象的だったのだと思う。

もう一つ、ガビアル科の鰐もいるが、これはクロコダイル科に含めるという説もあるらしいので、鰐はアリゲータとクロコダイルで十分なのかもしれない。

ところで、鰐の肉は鶏肉のような淡白な味で浜松市には鰐料理を供するレストランがあるらしい。

（小西昭夫）

鰐の居る夕汐みちぬ椰子の浜　高浜虚子

十二月ベンチはすでに鰐である　坪内稔典

炎天のワニのうんちは絶好調　ねじめ正一

鰐皮の靴も財布も暑かりき　小西昭夫

人間たち

赤ん坊　あかんぼう

「赤ん坊」というと、人間の「赤ちゃん」を思うけれど、赤ん坊はカバやペンギンにもおるやん、ということで、動物園に行くことにした。行ったのは、九月はじめ、所は京都は岡崎動物園（老人やけど京都市民以外はタダ違うねん）。

係のおにいさんにお勧めの赤ん坊を教えてもらうと、ゴリラとキリン、でもキリンは「少年」かな、と。

ゴリラの赤ん坊はむくむくしている、ひたすらもこもこ動く。おにいさんは「かわいいですよ」と言ったが、ぬいぐるみのような感じはしなかった。二百十日直後だけど坪内稔典さんの俳句のように「転がって」はいなかった。

キリンの子は背が高い。生まれたときからららしいけど、両親を小型化した感じでりりしい。近くにフラミンゴの赤ん坊もいた。こちらは体型は親とは違う、毛糸のかたまりみたい。数が多い。

平日ゆえに来客はまばらだが、赤ん坊連れが結構目立つ。園内の動物と違い、表情が多様で家族ごとに違う。当たり前やん、と言われそうだが特にゴリラ一家と比べて、発見。当の赤ん坊、どの子もせっかく連れてきてもらっているのに動物にはあまり興味のないようす。ライオンなども家の猫の大きめぐらいに見ているようだ。

ついでに、と言ってはなんだけど、やはり稔典さんに敬意を表してカバ舎に立ち寄った。ひょっとしたら赤ん坊に会えるかな、と。ところが彼（彼女？）はかなり狭いプールに単身で晩夏を横たえていた。家族とも、もちろん赤ん坊とは無縁と拝見、見た範囲だけど。あるいはどこかに婚外子が、と思ったが当日の所見ではソノ方面には全く関心のないようであった。

（朝日泥湖）

つき立の餅に赤子や年の暮　嵐雪

泣きじやくる赤ん坊薊の花になれ　篠原鳳作

ころがして二百十日の赤ん坊　坪内稔典

赤ん坊とフルーツポンチと日の盛り　清水れい子

きりんなど無視し赤ちゃん秋思中　朝日泥湖

兄 あに

我が家にたまというメス猫がいた。鼻の横に大きな模様があり、愛敬はあるが別段美猫でもないのに、成長してからは、毎年の様に子どもを産み、家族を困らせた。今の様に避妊手術が一般化した時代ではない。父親らしき雄猫を見つけては、「これからうちのたまに手出したら、えらいめに合わすで」と母は凄(すご)んだが、子どもながら無駄な遠吠えに思えた。その後も尻軽たまは、母の説諭を無視して子どもを産みつづける。一度の出産に四、五匹。足元を子猫が這いまわる日々が長く続いたと思う。名前を付けては情が湧き、手放したくなく成るというので、母は養子先を見つけるまで、子猫達は生まれた順に、長男、長女、次男、次女、三男と呼んでいた。

実の子も時々長男、次男と呼ぶことがあった。家庭内なら笑い話だが、外でやられると、周りに変な顔をされるのが落ちである。子猫に向っても、「お兄ちゃんやから、お兄ちゃんやから」と訳の分からない事を言ったりする。あれは猫に言っているようで、本当は長男に言って聞かせていたのかも知れない。そんな事を言わなくても兄は確り者で、優等生だった。出来る兄を持つと弟は困るわけで、学校でも塾においても「兄貴はこんな事簡単に出来たで」と言われ続けた。小学生のとき兄弟揃って柔道を始めた。三歳違いだが、身長はさほど変わらず、腕力は私の方が勝っていて、組み合っても兄の思う様に事は運ばない。ある日、苛立ったのだろう、あろうことか、袖を持つ私の手首に齧(かじ)りついたのだ。痛くはなかった。が、兄の形相が怖くなり、私は泣き出し道場は大騒ぎ。結果、兄弟揃って破門になった。

確り者で優等生。柔和でもある。そんな兄の内に潜む意外すぎるほどの獣性を身を持って経験した私は、それ以来従順な弟になった。昨今、兄の家で猫を膝に酒を飲む時など、「さかろうたら咬まれるぞ」と猫をあやすと、兄は何とも嫌な顔をする。

（平井奇散人）

兄よりも禿げて春日に脱ぐ帽子　久米正雄
大根引きゆく兄等が淋しかく生きて　野村朱鱗洞
兄貴らのデンデケデケデケ桜咲く　児玉硝子
すかんぽのふりをしている兄のっぽ　野本明子
子供の日負けて悔しい背くらべ　平井奇散人

姉

あね

子どものころミーという雌猫を飼っていた。おとなしい猫でボクが髭を引っ張ろうが尻尾を摑もうがミャア〜と鳴いてボクの膝に頭を擦りつけてくる。べたべたに親しい間柄だったミーは子どもをよく産んだし、ネズミもよく獲った。おかげで家にネズミはいなかったけれど、近所の家のネズミを捕まえてはそれを銜えて家中を動きまわり、適当な暗がりにそのネズミをほったらかしにしていた。家族の誰かがそれを片づけるのだが、暗がりなので判らずに踏んづける者がいた。それが姉。

向こう三軒に通り抜けるような悲鳴を上げた姉はミーを追いかける。むろん捕まえることは出来ない。そんなことが二、三回あって、姉はミーにかなりの恨みを抱いて、ミーの姿を見ると眉をしかめて「しっしっ」と追い払う。ミーは動じない。ついには傍らのモノを投げつけるようになった。もちろんそれもミーには命中しない。このようにして姉はミーを嫌い続け、ミーは姉を無視するという図式が出来上がったのが半世紀以上も昔のこと。

ある日、家内が「このごろ笛の音がする」と言いだした。朝、洗濯物を干していると隣の姉の家のほうからピリピリピリ〜〜っと笛の音がすると言うのだ。なんだろう。四、五日はそのままにしていたが、ついに家内が恐る恐る音のする方を覗いてみると、ピンクのパジャマ姿の姉が左手で笛を口に銜えて眉をしかめながら「ピリピリピリ〜〜」と吹き鳴らしている。右手には水鉄砲。

これで、額に白鉢巻き。灯した蝋燭を挟んでいたら漫画的な八つ墓村だけれど惜しいかなそうではない。姉が近所の野良猫を追い払っているのだ。笛で脅かしてそれでも動じない猫、姉にとってはかつてのミーに水鉄砲を発射して遺恨を晴らしているつもりなのかも。なにごとも極まれば可笑しみを伴う。ちなみに姉の干支は「子」。そのネズミも大嫌いな姉は侵入を防ぐため最近家をリフォームした。徒労に終わらぬことを祈る。（南村健治）

屠蘇の座や立まはる児の姉らしき　井上井月
死の姉がこの荒壁の中にある　石橋辰之助
柿の木を倒す姉いて冬の雷　平きみえ
秋草は未婚の姉のごときかな　小西昭夫
もんしろちょう姉のうしろに見え隠れ　南村健治

妹 いもうと

「妹」と言えば、南こうせつが歌う「妹よ」の曲が流れてくる。南こうせつとかぐや姫をよく聞いた。大人の入り口辺りでうろうろしていた頃だった。その南こうせつに遭遇した。

昨年秋、アメリカに暮らす幼馴染のお姉さんのきくみちゃん宅に十日程滞在した。きくみちゃんは「ミヤコホテルロサンゼルス」に勤めていて、毎日、フリーウェイをダウンタウンまでぶっ飛ばしリトルトウキョウにある「ミヤコホテル」を往復している。これに便乗して私たちも毎日出勤という感じ。昼間は、観光や美術館を楽しんだ。そんなある日のこと、ロビーの窓際の椅子に腰かけ、連れの幼馴染と長男と三人で仕事終わりのきくみちゃんを待っていた。エントランスから、ざわざわと人の塊が入ってきて、その中に南こうせつがいたのだ。びっくりして、多分、見入っていたんだろうと思う。南こうせつがこちらをみて微笑んでくれた。

この日は、「ジャパニーズアメリカンミュージアム」で鑑賞。第二次世界大戦中に、日系人たちが強制収監された収容所が当時のままに展示されていた。灰色になった床や柱の木材も組み立てられていて、その隙間をボストンバックが天井まで積みあげられている。見上げていたら、ボランティアが声をかけてくれた。上品な年配の女性。家族とともに収容されていたと、たどたどしい日本語で、その頃の凄まじい様子を話してくれた。日本の出身を聞くと「おばあさんが愛媛の八幡浜(やわたはま)というところ」に、そして、今でも、親戚は「ロンドン屋」というお店をしているとのこと。八幡浜に行くと必ず立ち寄るお店なのだ。普段は意識をしない「故郷」というものを想った。

翌日もロビーで、南こうせつに出会った。表の通りでも見かけた。その度に笑いかけてくれたのだ。後できくみちゃんに聞くと私たち「追っかけ」だと思われていたようだった。

(渡部ひとみ)

薪をわるいもうと一人冬籠　　正岡子規

妹と夫婦めく秋草　　尾崎放哉

妹は恋愛体質セロリ嚙む　　火箱ひろ

妹という逃げ場所やシクラメン　　今城知子

甲板に象の妹秋の朝　　渡部ひとみ

夫　おっと

夫とは霊長目ヒト科に属する動物である。長鼻目ゾウ科や食肉目ネコ科などにも夫、つまり妻を持つものはいるが「夫」という漢字を使いこなすのはヒト科のみであろう。夫と呼ばれるのは一般的に男性だが世界には例外もあると聞く。年齢の幅も広く人種も形状もさまざまである。

このように多種にわたる夫の生態について統計をとるのはかなり難しい。時間もお金もかかる。交通費のかからない場所にいたある夫を、わずか一体ではあるが、二十四時間観察してみた。この夫、ナイナイ尽しである。レンジでチンした熱いものが素手で持てない。三十分前まであったものが探し出せない。皿にかぶせるラップがうまくいかない。洗濯ものが平らに干せない。しかし六十歳を過ぎてからごはんが炊けるようになるなど、他の動物にない未知数な部分がある。もっとも、道具を使うというのは霊長目（サル目）の得意分野なので、今さらびっくりすることではない。

さて、芥川龍之介の作品に『第四の夫から』がある。一人の妻に四人の夫がいるというチベットでの話。一夫多妻の逆だ。ある日その妻が浮気をする。四人の正式な夫がいるのに。夫たちは怒り、対策を考える。妻とその男、両方の鼻を削ごうと第二の夫が提案するが残虐なのは嫌いという他の夫の意見で男一人だけの鼻を削ぐということになる。男は鼻を削がれた。男は血止めの薬を塗ってくれたと夫たちに感謝さえする。そのあとは四夫一妻の平和な生活が戻る。という大正十三年の小品。夫は夫どうしすんなりまとまるものだ。

居酒屋で妻の話を酒の肴にしている夫は数知れない。観察中の夫は、ビール片手に妻のことを「コワイ」と表現している。他の夫たちも相槌を打ちながら飲んでいる。およそすべての動物には天敵がいる。カエルにはヘビ、ヘビにはマングース。やさしく微笑みながら蝶のようにひらひらする美しい天敵をもつ動物もいる。

（小西雅子）

帰り来る夫のむせぶ蚊遣かな　　太祇

子といくは亡き夫といく月真澄　　竹下しづの女

屠蘇散や夫は他人なので好き　　池田澄子

花野行くゆらゆら夫の花音痴　　鳥居真里子

ズボンシャツ夫まるごと干す春日　　小西雅子

弟　おとうと

幸田文の小説を初めて読んだのが『おとうと』だった。読んだ後、何か切なかった。そして幸田文に、はまってしまった。はまると同じ作者の本ばかり読む質なので、『流れる』『黒い裾』『闘』と読んでゆき、エッセイや着物に関する本なども読んだ。面白かった。

私の母の実家は呉服店である。正確には「で、あった」。御多分に洩れず店はそのままあるが跡継ぎがいない。

母は五人兄弟姉妹の長女で、すぐ下の妹が一歳半下、弟、弟、妹と続く。一番下の妹とは十四歳離れている。母の干支は「寅」だが、「丑」が入っているので少々鈍臭い。すぐ下の妹と一番下の妹は同じ辰年で、負けん気が強く、祖母を嘆かせていた、と母が言っていた。下の弟は「大和」に乗艦していて、山本五十六元師と一緒だったそうだ。「五十六さん、五十六さん」と呼んでいたという。この弟に、母はいつも「待てば追いつく、言われれば気が付く、とろとろするのなら誰でもする」と、言われていたという。その母に、「独活(うど)の大木、見かけ倒しという言葉は、あんたの為にある」と、面と向かって言われた私は、いかに出来が悪いことか。

反省。（猿の村崎次郎君のポーズ）。

この叔父については面白いエピソードがいろいろあるが、いつかまた。

母の母方は皆、背が高く必ず鴨居に頭をぶつけた。

父は背が高く色白で痩せていて、一皮目のものすごいタレ目であった。超ファザコンの私は、弟ならイケメンで無くても良い。色が黒くても良い。背の高いのが良い。

遅くにできた子どもの私は一人っ子だ。丁度小学校に上がって間もない頃、同級生の女の子に二歳下の弟がいるのを見て、父が「うちにも、もう一人男の子がいても良かったな」と、言ったと母から聞いた。

今頃言うか、と私は心の中でつぶやいた。


（鈴木みのり）

梅折れば鼻をさし出す弟哉　沾徳
死ぬ日近きに弟よ銭のことといえり　栗林一石路
おとうとをトマト畑に忘れきし　ふけとしこ
弟は虹を測量する旅に　早瀬淳一
キャベツ買う安全パイの弟よ　鈴木みのり

男　おとこ

男は珍しい動物ではない。むしろありきたりと言ってよい。どこにもうじゃうじゃいる。女という動物と同じくらいに、絶望的な平凡さで多くいる。

こいつは、かなり単純そうに見えて複雑な生きものなのだ。わたしは、幾匹もの男という動物を身近に知っている。まず、異性が好きである。むちゃくちゃ好きである。好きは好きだが、そう露骨ではない。ソフィスティケートされているわけではなく、単に戦略上そうしているにすぎない。いやらしいのである。仮装しているのである。その仮装は言語とかいう音声にも及ぶ。異性にはソフトな音で発声する。昔はやたら口を開かないのがこの動物たちの美学とされたらしいのだが、なに、今は美学もへったくれもありはしない。異性を口説くことに一生懸命だ。"I love you" というところを、「君、星がきれいだね」などと言ったりする。あげくに、プロポーズとかいって品を作って怪しげな音声を発する。それが自分の首を絞めるとも気付かないで。無知なのである。

無知なくせに、この動物はやたら偉そうにする。偉くもないのに偉そうにする。老年になると一層偉そうにする。活動をやめてソファーの上に寝そべっているだけになっても、なお偉そうにする。しかしその根拠は、まるで不明なのである。ただただ、むやみに偉そうなのである。といっても、一人でこっそり泣くようなのもいる。泣くことが得意で、人に、特に異性に見せびらかすのさえ、近頃はいる。

この動物は、酒を飲む。まるで飲めないのもいる。この動物は、背が高い。高くないのもいる。禿げている。禿げていないのもいる。大食いである。大食いでないのもいる。比較的早く死ぬ。なかなか死なないのもいる。

ここまで書いてきて、私は男という動物について解説することの不可能を悟った。私もまた、この動物に属している。

（木村和也）

むかし男なまこの様におはしけむ　大江丸
桃活けて鏡にひげを剃る男　寺田寅彦
秋の空男はみんな三四郎　黒田さつき
草食系男子代表心太　山本たくや
湯豆腐やすこし崩れている男　木村和也

おひとりさま

大学には二つの学生食堂があった。夏、小さいほうの学食で冷麺を食べていたら、中に蠅が混じっていた。今でもはっきり覚えている。周りには友だちがいて、わいわいと盛りあがっていた。

ところが、である。「視線気にせずおひとりさま　京大学食〝ぼっち席〟人気」テレビで見た最近のニュースである。へえ〜、そこまでするのかと思った。ぼっち席とは、周りについたてが立てられ周囲の目線を気にせず食事ができるおひとり様用の席のことで、京都大学や神戸大学の学食で採用され、話題になっている。

ひとりしゃぶしゃぶ、ひとりすき焼き、誰にもお肉横取りされなくて最高！　そんなひとり鍋店がまだ少なかった十五年ほど前、留学生たちと一緒に居酒屋に行ったときのことである。少し離れたカウンター席にひとり鍋の中年の男性がいた。タイ人の学生から質問をされた。訳わかんない、不思議だと言わんばかりの顔つきで。「どうして、ひとりで鍋、食べますか」。何と答えたやら、もう忘れてしまった。ちなみにそのカウンター席には京大のようなついたてはさすがになかった。

「おひとりさま」は上野千鶴子著『おひとりさまの老後』がベストセラーとなり、広く親しまれるようになった。しかし、その前から私はひとりで勝手気ままに動いていた。舞台を観るのが趣味なので、東京をはじめ、見たい芝居があればどこへでも飛んで行く。旅好きでもないのにひとり旅だ。そのときはひとり外食もする。三十年ほど前、東京の劇場ではおひとりさまの若い女性客をよく見かけたが、大阪はまだ少なかった。最近は大阪でもおひとりさま客も結構多い。歌舞伎で大向こう（三階奥）の席で、良い芝居の場合、幕が下りた瞬間に知らない人同士「よかったですねえ」と思わず言葉が出てしまうことがある。普段はひとりで舞台の余韻を大切にして劇場を出たいと思っているが、たまにだったらいい。

（児玉硝子）

蝶ひらりおひとりさまにすぐなれる　富澤秀雄
おひとりさま葉桜にやや傾いて　小西雅子
涼新たおひとりさまの靴が鳴る　児玉硝子

女　おんな

高校へ入学して間もなく結核を患い、日本海が遠景の山の上の国立療養所に入所していた。重症だった私は準個室を与えられて、そこはそれぞれの部屋が磨りガラスと木枠の衝立と入り口はカーテンで仕切られていた。

お隣は面会謝絶とあり「浜村俊子」の表札が風に揺れていた。ゆっくりと歩いてお手洗いに行く浜村さんに出会った。上背があって色白で二十代かな？

安静を厳守する私たちにも自由時間があった。そこは散歩を許された療友たちとのお互いに情報交換の場でもあった。さびしがり屋の十六歳の私は、仲間の一人である絹ちゃんを勝手に姉のように慕い独り占めしていた。

「浜村さんは敬虔なキリスト教信者だそうよ。牧師さんが度々やってきて聖書を読んでいるでしょ」女盛りの岩崎さんは楽しげに噂する。

半年が過ぎたある日、面会謝絶の浜村さんの部屋に「絹ちゃんがこっそり通っている」と散歩の仲間からの噂を小耳にはさんだ。それからの私は、敬虔な祈りのイメージの浜村さんに燃えるような嫉妬をした。準個室のベッドで本ばかり読んで過ごし、周りから耳年増と揶揄されている私は、浜村さんを「偽善者」だと決めつけた。それは牧師がやってきて、聖書の一節を読み浜村さんは小声で賛美歌を合唱していたからだ。絹ちゃんは私の部屋をいつも素通りしてゆく。（今日こそは私の部屋にも来てくれるかもしれない）と思う期待に自分で胸が締め付けられるほど辛かった。磨りガラス越しの二人の会話を、いつも息を凝らして聞いた。「俊子さん」絹ちゃんはそう呼んでお互いにとても楽しそうに囁く声がした。その時私は、とっさに用事を作って浜村俊子さんのカーテンを開けた。狭いベッドで一つの枕に二人はスッポリ布団に包まって抱き合い顔だけ出し私をみてにっこり笑った。

まもなく浜村さんは亡くなった。

（藏前幸子）

張りとほす女の意地や藍ゆかた　杉田久女

女ひとり逆光線の花に立つ　渡辺水巴

居留地のビールジョッキをもつ女　辻村拓夫

大阪は太い女も満月も　児玉硝子

満月の坂道を行く修道尼　藏前幸子

恋人　こいびと

教師になって知り合ったのが当時中三のI子であった。和風の顔の現代っ子。歳は八歳離れていたがいつしか年齢差を感じなくなっていった。I子も最初はぼくを「先生」と呼んでいたのにやがて「キミさん」になった。もう三十年以上前のこと、話題を変えたい。

確かに人間も動物には違いないが、他の一般動物と人間とでは根本的な違いがある。その最も大きな違いは知能である。これは単なる程度の問題ではない。人間は知能において他の動物より極度に群を抜いている。早い話がチンパンジーは俳句など詠まないし、詠めない。

恋愛においても、動物の恋と人の恋とでは大いに異なる。動物の恋の季節はおおむね決まっており、あくまで種の保存と繁栄を目的としている。伝統的有季定型とでも言おうか。ところが人の恋は無季というか通季というか、自由にして時に奔放なのである。これも知能の発達と関係していよう。

日本の植物学の父、牧野富太郎は、花は生殖である、と言う。年々歳々花相似たり、まさに有季定型である。だがそれでも花は毎年新しく天上の美を咲かすし、動物は新鮮な魅力に満ちている。そもそもどのようにして生物に雌雄の別が生じたのかぼくは知らないが、自然の偉大なる英知を思わずにはいられない。生物界は実のところ異種間のせめぎあいにして且つ相互依存の関係にある。この一見矛盾した構図や雌雄の別も含めて、より高次なものへと進化させようとする神智ともいうべき力が働いているようにと思えるのである。

人間は知能が発達した分、他の生物に比して不純であろう。が、恋人たちにおいて、根底にエロスを基盤としながらも時に自分よりも相手の身を想うといった、自我を超え、より精神の高みへ開眼しようとする機会を与えられたのではなかろうか。

なんだか、まじめくさった話になったなあ。　（千坂希妙）

恋人の乳守出来ぬ御田うへ　西鶴

恋びとは土竜のやうにぬれてゐる　富沢赤黄男

恋人を消しゴムで消している、春　野本明子

初恋の人にされたり河豚の鍋　内田美紗

吐く息の霧となりけり恋は孤囲　千坂希妙

少女　しょうじょ

あはれ花びらながれ　をみなごに花びらながれ……。少女（おとめ、をみなごを含む）という言葉に出会うと、達治の「甃(いし)のうへ」が思い浮かんでくる。高校の教科書に、藤村の「小諸なる古城のほとり」とともに載っていたはずである。高校の教師は、一年でやるべき授業の全てをつぎ込まんばかりの朗々たる声で朗読した。感動して、少女と遊子への憧れが益々昂じた記憶がある。

振り返ってみれば、その前後の何度かの初恋を除いて、少女たちとは全く縁のない人生だったことに気付く。仕事の上でも、向き合う機会はなかった。

『青少年白書』を読んだが、非行・いじめ対策にお金をかけても増え続けています、という言い訳だけで役に立たず。図書館に駆け込んで、「今の少女たちがよく読む本」を教えてもらい、嶽本野(たけもと)ばら等を借りる。何となく現代の少女の関心事を垣間見た気にもなるが、錯覚。戦後の「ひまわり」時代の中原淳一調を思い出した。

やむを得ず、〝昔少女〟にあたることにした。「少女と聞いて連想するものは？」……青春、黒髪、風に巻かれたスカート、受験、慎み。四十数年前、手を握られそうになって思わず引っ込めてしまったうぶさと残る悔い、一昔前のロマンを感じる死語となった言葉、「〜子」が名前に付いていた頃までの女の子、等々。

駆け出しの頃、「女性が、私三十六、七に見えるかしら、と言ったとしたら、何歳だと思いますか」と聞かれたことがある。「三十七歳です。わが社の電気料の値上げ幅を六十七、八％と答えたのが六十八％だったように、ひとつでもサバを読みたいのがにんげんですよ」。ひとの心理を読め、大衆文学を読め、趣味を持て、酒は焼酎がいい。昔の人は赤の他人にいろいろ教えてくれた。

結論を急ぐと、誕生日が来るのを心から喜べる、歳をサバを読まずに言える、七人掛に九人目の尻など突っ込まない、慎み深い未通女(おぼこ)が私の中の少女なのである。

（岡正実）

たふとさに寒し神楽の舞少女　正岡子規

浴衣着て少女の乳房高からず　高浜虚子

露草のアンドロイドの少女いる　小枝恵美子

万緑や少女にぽつとものもらひ　橋場千舟

水仙の少女の訛りうつくしや　岡正実

少年　しょうねん

サル目ヒト科「少年」という名の〝動物〟の主な特徴を挙げてみる。まず、眼がとりあえず輝いている。そして活動的である。体型はどちらかというと細身。性格は一途で自己陶酔型。ただ、落ち込むと可哀そうなくらい沈んでしまい、なぜか哀しげな表情をする。好きな食べ物はハンバーグ、カレーライスとコーラ。季節は圧倒的に夏。場所は海。また、最も興味を持っているのは異性だが、それに気がつかれることを嫌う。面白いのは、いつも意味のない、余白の大きな夢を見ていること。

そんな動物もその多くは成長して青年になり大人になり、これらの特徴をほとんど失くしてしまう。それもどれも真逆の特徴を持ってしまうから「少年」は期間限定付きの動物ということになろうか。

振り返って私はどうか。「少年」という動物であった頃に比べて、ご多分にもれず、今ではあの輝ける特徴の欠片さえ残っていない。寂しさを通り越して情けない気さえする。他人は、「少年」の心を持てとか、輝きを取り戻せというが、そう簡単ではない。戻そうと試みはするが、どうも無理がある。そこで、「少年」時代にやりたかったことを思い出してみることにした。するとその頃の取りとめのない夢の端っこに〝文章で何かを表現しようとしている自分の姿〟が、ぼんやり浮かび上がってきた。「ああ、あの頃はそんなこと夢見ていたなあ」と……。

果たして還暦を過ぎた今、俳句と格闘して六年。表現するために曲がりなりにも言葉を紡いでいる自分がいる。一歩一歩だがその実現へ向かって歩いている。どうやら、わずかだが夢だけは期間限定ではなかったようだ。

いつまで追い続けることができるのか、いささか心もとない話だが、それでも私は〝のたりのたり〟としぶとく生きていく。微かな輝きを胸に秘めて。

そして、独り呟く。「少年は、一瞬の時間を精一杯生きる動物だから、輝いているのさ」。

（宇都宮哲）

秋風やあれも昔の美少年　一茶

ふと羨し日記買ひ去る少年よ　松本たかし

少年のかかと歩きの立夏かな　中原幸子

少年は光源となるルミナリエ　わたなべじゅんこ

煌めいて河の向こうは少年の夏　宇都宮哲

青年　せいねん

高校教師になったばかりの頃、ぶっきらぼうで口数の少ない男子生徒から入試問題の添削を頼まれた。彼は毎朝問題集を持って来て放課後取りに来た。解答をめぐって口頭で指導を加えた記憶はない。卒業式の日、忘れ物を届けにきたように職員室に来て、恥ずかしそうに小さな花束を差し出すとすぐに帰ってしまった。唐突だったのでびっくりした。周りにいた同僚に羨ましがられ、後から喜びがこみ上げてきた。その後彼は志望校に合格して徳島へ旅立った。年賀状が届き、短い近況報告のあとに「いつかすだちを送ります」とあった。毎年年賀状は届き、大学を卒業した後は自転車屋でアルバイトをしていると書かれていた。そしてある日、箱いっぱいのすだちが届いた。「約束したすだちを送ります。インドへ行ってきます」と書かれた短い手紙が入っていた。すだちのことは社交辞令だと思っていたのでまたもやびっくりした。しばらくしてインドから絵葉書が届いた。ナンバーが記されていて、三通目くらいからはナンバー通りに届かなかったし、結局届かなかったものもあったが十枚くらいもらった。彼は今も律儀に年賀状をくれる。

高校教師という職業柄、少年から青年へと成長していく姿を見ることができる。総じて青年はぶっきらぼうで無頓着。しかし律儀で真剣で純粋である。そして旅が好きだ。面倒くさがりのように思えるのに、卒業してからわざわざ旅先からの便りをもらう私はうれしい。教師という仕事をしていなかったら有り得なかったことだろう。個人情報保護のため名簿が発行されなくなり、ある日突然予期せぬ生徒からの便りをもらうことはなくなってしまったが、電子メールをもらうことが増えた。

面倒くさがりだった青年が日本から四十八時間もかけてタジキスタンに行き、国連のインターンシップに参加しているとか、国境なき医師団に憧れて医大生になった青年からはカンボジアの医療現場を見に来ていると。

（尾上有紀子）

復員青年しようべんつよくつつじ燃ゆ　栗林一石路
クローバに青年ならぬ寝型残す　西東三鬼
ねばならぬ青年の来る三月よ　くぼえみ
青年は息子花野ですれ違ふ　鳥居真里子
青年は夢を紡ぐよ青い繭　尾上有紀子

父　ちち

「お父さん」と呼ぶ人が三人いる。実の父親と夫の父親と夫、である。実の父親のエピソードは、故人となっていることもあり、私にとっては特別であるが、他人にとってはそうとも思えないので口をつぐむ。夫の父親はつまり義理の父であり、義理をかたるのはむつかしい。残るのは夫のみである。少々反則気味であるが勘弁してもらいたい。

夫のことを「お父さん」と呼ぶと、非難する友人がどこに行っても一人はいる。かつては自分もそんなふうに呼ぶもんかと思っていた。何より正しくない。夫は私の父親ではない。

思えば彼の呼び名もいろいろ変わった。「先輩」「二村さん」「おじさん」「あなた」「〇〇（名前）さん」「お父さん」「たこ」……（ほぼ時系列）。こうやって並べてみると、「お父さん」だけ異質だ。視点が他と違う。あらためて言うほうがおかしいが、子ども目線なのだ。友人の非難には「子どものことばっかりで、自分というものがない」という意味が込められているが、「自分というものがない」なんて、身軽で素敵なことではないか。

韓国ドラマを観ていたら、夫のことを「アッパ（お父さん）」と呼んでいた。自己主張の強いという印象のある韓国人でも、と思ったが、よく聞いてみたら、「だれだれちゃんのお父さん」と必ず子どもの名前が入っている。そうか、日本は子どもの名前が省略されているのか、と思おうとしたが、なんだかまどろっこしい。そんな意識は毛頭ないからだ。

現実に、夫のことを「お父さん」と呼んでいる人はかなりの数にのぼるであろう。これだけの用例があっても、たぶん国語辞典に「父とは夫のこと」とは載らない。かつて「ことばは用例がすべてです」と教えてくれた人がいた。辞書に載らないことがかえっていとおしい、なんて。

（二村典子）

父ありて明ぼの見たし青田原　一茶

父を恋ふ心小春の日に似たる　高浜虚子

春の雲父さんと紐買いに行く　陽山道子

父さんはお尻が軽い柿日和　川島由紀子

古今東西父さん母さん柿食えば　二村典子

中年　ちゅうねん

汗臭い。おなかが出ている。煙草臭い。うどん（ラーメン）といっしょにご飯を食べる。口臭がある。靴下が臭い。額がはげかかっている。いびきをかく。早食い。食べながら新聞を読む。人前でおならをする。酔うと声がでかい。ケータイで話す声が大きい。ラーメンを音立ててすする。チーズより餃子が好き。

以上から自分に合うものを選んでみよう。あてはまる事項が五つ以上あれば中年である。この検査に根拠があるのか、って。中年を経過して老年に入ったネンテンの体験的検査だから十分に根拠があると思うよ。検査事項はかつてのネンテン像なのである。

傍若無人、厚かましいというのが右の中年像だが、働くことに忙しく、なりふりをかまっておられないということもあるだろう。汗臭いのもうどんをおかずにしてご飯を食べるのも、そして早食いでケータイの声がでかいのも、いわば中年のエネルギーというものだ。

女性の場合はどうか、って。似たようなもので、靴下が臭いの代わりに人を押しのけて買うが、額がはげかかっているには髪を染めているが、人前のおならの代わりには大口を開けて笑うが入るくらいのもの。ラーメンを音立ての代わりには、新しいレストランのランチ大好き、だろうか。

傍から見ればなんとなく見苦しい中年。でもそれはそれでいいのである。なにしろ働き盛り、暮らしや社会の維持のために懸命なのだ。恰好などをかまう余裕がない。そのような中年はある意味でもっとも生物的なのかもしれない。働くことで子孫の維持という生物的使命を果たしているのだから。

ともあれ、その中年を人はほとんどが体験し、ゆっくりと老年を迎える。先の検査事項の適合事項を少しずつ減らしながら。うまく減らすと恰好がつくというか、中年との違いを鮮明にできそうだが、もちろん、それがとてもむつかしい。（坪内稔典）

中年や遠くみのれる夜の桃　西東三鬼
中年の涙のようにイグアナは　小西昭夫
はつこひの人も中年春の海　工藤惠
蛸壺を出ないな蛸は中年だ　坪内稔典

妻　つま

桜の時期が過ぎると、賑わっていた京都も少しだけ静かになる。美術館へもようやく行こうという気になったので、近くにある動物園も覗いてみることにした。

動物園はリニューアル中だが、入るとすぐにライオンとトラの新しい立派な獣舎が見えた。今風の檻は中の様子がより間近で観察できるようになっている。二頭のライオンはもうかなりの老夫婦のようだった。仰向けに寝転んだ雌ライオンは気持ちよさそうに日光浴を満喫していた。少々あられもない姿の妻を横目に、ライオンの夫は雄々しい吼え声で我々観客を驚かせてくれた。隣の三頭のトラはそれぞれ別個の檻に入れられていたが、母親とその息子たちとのこと。三歳とはいえ母親を凌ぐ大きさに成長した息子たちは、神の名に恥じない堂々たる威厳と美形を誇っていた。過去に描かれたどんな虎より素晴らしい気がした。父親のトラは既に他の動物園へ、母親も一人前になった我が子にはあまり関心がないのか、奥のほうで横になっていた。群れで助け合って生活するライオン。子育ての時以外一生単独で自由に生きるトラ。いずれにせよ、雄（夫）には従属せず、成長した子を抱え込むこともなさそうである。

自己弁護と言われそうだが、良妻より悪妻の方が好きで興味もある。ソクラテスの妻か、漱石の妻かといったところだが、世間の人でさえほとんど理解できない男の妻となった女こそいい迷惑なのである。漱石の妻鏡子について、孫娘が「歯に衣着せず直截に物を言う人だったが、愚痴や手柄話、お世辞を言わず、あれほど悪妻呼ばわりされても言い訳することもなく、堂々と自分の人生を生きた人である」と書いているが、ソクラテスの妻も似たような性格だったに違いない。

帰りに再びライオンとトラの檻の前を通ると、寄り添った二頭のライオンが揃って私の方へ顔を向け見送ってくれた。（篠原なぎ）

月に行く漱石妻を忘れたり　夏目漱石
足袋つぐやノラともならず教師妻　杉田久女
横柄な妻ではあるがすいかは切る　わたなべじゅんこ
まひるまの陶器も妻も冷えている　岡部計久
葉ざくらの妻は光のレッスン中　篠原なぎ

母　はは

尊敬するというか、一目置く女性がいる。それは息子の伴侶、つまりお嫁さんだ。男の子ばかり四人の母親。しかも、下のふたりは双子だ。働きながら子育てに奮闘するうちに、華奢だった体は、たくましく変貌した。

十三年前のある日。彼女のお母さんから電話。「あっちゃんが双子を妊娠しました。状況を考えると、出産には反対です。お母さんも、今回はあきらめるように説得してください」。私もパニックになった。三歳と十ヶ月の乳児を抱えてのフルタイム勤務。家も買ったばかり。住宅ローンはどうするの。何よりも、赤ん坊ふたりの面倒を、同時に見ることに恐れをなした。上とは年子なので、三つ子みたいなものではないか。かくて、ふたりの母は反対同盟を結んだ。だが、彼女の意思は固く「どんなに苦労しても、ちゃんと育てますから、産ませてください」。彼女の迫力と母性に負けた。そもそも、目先の問題に囚われて、間違えているのは私たち。それから、息子夫婦の怒涛の日々が始まった。ふたりの母はそっと見守ることに徹した。

私の誕生日。夜の八時頃。彼女は四人の息子を引き連れ、ケーキ持参でやって来る。ハッピーバースデーを、みんなで歌ってくれる。ケーキは彼らがぺろりと平らげて嵐のように去ってゆく。その時、お祝いに一万円を置いていく。

彼女の回転寿司のルールには笑う。《子どもたちは最初にうどんを食べるべし》なるほどねえ。食べ盛りの男子は食べる、食べる、食べる。先にうどんでお腹を満たし、皿数を抑える作戦。子沢山ならではの知恵だ。

ねえ今夜あたり、みんなでくら寿司に行こうよ。うどんは食べなくていいよ、好きな物を思いきり食べなさい。軍資金だったらたっぷりあるの。もらったお祝い、全部残してあるから大丈夫。

（波戸辺のばら）

幾秋かなぐさめかねつ母ひとり　来山

うどん供へて母よ、わたくしもいただきまする　種田山頭火

新茶汲む母のま白き割烹着　村上栄子

おかあさんの手になっている十二月　中谷仁美

ボジョレーヌーヴォー日本の母にエール　波戸辺のばら

老人　ろうじん

しわもしみもたっぷり、外観は誰が見ても老人だが、背筋をぴんと伸ばし颯爽と歩く六十年来の友がいる。彼女は、常に自分は老人ではないと言い張って、私を笑わせてくれる。趣味は読書と映画鑑賞、歌舞伎、文楽。本も映画も現代の作品は好まず、若い頃の映画が上映されると毎日でも観に行く。永井荷風の作品を今更のように読んだり、文楽の歴史本を読んで、著者の視点が気に食わないから手紙を書いてやろうかなどとも言う。記憶もよく、人の名前などもすらすらと出る。

確かに顔や手足は老人だが、いつもすっぴんで、イッセイミヤケのパープルかブラックの服を素敵に着こなしている。そうそう、歯も三十二本とも健在で、歯科医から百歳まで大丈夫と太鼓判を押されているのも私には悔しい。こうして書いていると、本人が言うとおり、彼女は老人ではないかもしれないと思えてくる。

またこんな友人もいる。十五年ほど前のことだが、久しぶりに彼女に会った時は驚いた。まだ六十歳そこそこだったが、潮風に吹かれてきびしい仕事をしてきた漁師さんのような深いしわが刻まれており、少し目のやり場に困った記憶がある。最近は、年に数回は彼女を含めた昔のママ友四人で、ランチをしたり旅行に行ったりして、おしゃべりを楽しんでいるが、しわもしみも増え続けている。しかし、今でも元気に近郊の山に登っている彼女は、旅先でも一番健脚で、食欲の面でも私は負けている。

二人とも体重は三十キロ台で身長は一五〇センチ余り。体は細く小さいけれど健康な精神と身体を持った老人である。

（山本みち子）

老人端座せり秋晴をあけ放ち　久米正雄
老人の小走り春の三日月へ　西東三鬼
老人を逆さに見ればあやめかな　鳥居真里子
秋晴れやバスに老人ぎっしりと　津田このみ
ワレワレハ老人デアル赤マンマ　山本みち子

俳句を作って、動物に戻る

対談　坪内稔典×池田澄子

動物の名句

坪内　俳句と動物というと、どんな動物をまず思い浮かべますか？

池田　動物？

坪内　ええ。俳句で詠まれる動物です。

池田　馬とか。

坪内　あーっ、馬……。

池田　今、単に思っただけですよ。

坪内　三橋敏雄さんの……。

池田　ああ、

　　昭和衰へ馬の音する夕かな　　三橋敏雄

坪内　僕もまっさきに思うのは馬なんですよ。

池田　ほんとに！

坪内　ぱっと思うのは馬。池田さんが思った句とは違いますけど。

　　蚤虱馬の尿（ばり）する枕もと　　芭蕉

これ、動物、三つ出てきますけど、この三つは俳句の動物で和歌には出てこない。馬は和歌にも出てきますけど、おしっこする馬は出てこない。蚤、虱はこれは俳句の得意とする動物です。

池田　蚤虱は自分の方に、馬は区切った隣にいるわけですよね。そして音が聞こえてくる。じゃ～じゃ～ってね。私、子どもの時に一緒に暮らしたことはないけど、馬は道を通ってました。

坪内　あ、そうですか。僕は池田さんより下の世代なので馬や馬車は知らないんです。
池田　馬車通ってましたよ、乗ったことはないんですけど……私、田舎でしたから……。
坪内　糞とか落としてゆくのですよね。馬糞。
池田　そう。話飛んでっちゃうけど、天皇家の結婚とか……。
坪内　馬車のパレード？
池田　ええ。あの時、糞をしないように食べさせないとかするらしいですよ。
坪内　馬も大変なんだ。京都の葵祭の時も馬が登場しますけど、僕はそこまで気付かなかった。糞や小便をしないことが馬に要求されていたとは知らなかった。とすると、芭蕉の句の馬は私的な馬ですね。枕元で遠慮なく小便をしているから。
池田　馬糞って、あっても臭いわけじゃない。馬は肉食ではないから臭くないんですね。でも、枕元の小便は臭そうね。飛沫が顔に散るって感じ。
坪内　散ります、散ります。で、これが俳句の馬というか、俳句の動物の実際ではないでしょうか。人の生活に密着していますよね。ところで、馬糞って拾って薪の代わりに……。
池田　ええ、らしいですね。私は見ていただけで拾ってはいないけど（笑）。
坪内　三橋さんの「昭和衰へ」の馬、あれはやっぱり戦前の昭和……。
池田　戦前戦中かな。軍馬も含めて、という感じしませんか。
坪内　敗戦以前の昭和は牛馬の時代というか、馬や牛が活躍していましたね。

白馬を少女瀆（けが）れて下りにけむ　西東三鬼
春の街馬を恍惚と見つゝゆけり　石田波郷

遠い馬僕見てないた僕も泣いた　渡辺白泉

たとえばこんな句を思い出します。三鬼、白泉は先の三橋さんの師匠のような俳人ですよね。

池田　馬がどこにもいて、馬が本当に身に近かった時代があった、と分かりますね。こういう句を見ると。それから、戦場にも馬が。戦場に連れて行かれて、死んだり取り残された馬。勿論、家族のように一緒に働いていた馬も。

坪内　軍馬ですね。僕が連想するのは司馬遼太郎の『坂の上の雲』に登場する秋山兄弟。兄の好古が日本の騎兵隊を作った。もっとも、軍馬にしても馬車にしても僕にとっては想像する以外にない。馬は遠いです、僕は戦後の育ちですから。ところで、戦後というか、今の馬は競馬だと思いますが、池田さんは競馬、されないですか？

池田　昔、どんなもんかと一度行ったことがありましたけど、そんなに燃えなかったなあ。でも、馬、綺麗でしたよ。顔が綺麗だし、姿もいいし、色艶もいいし、可哀想なくらい反抗しないでしょ、馬って。北海道で、重い荷を曳かせて坂を登らせる競争がありますよね。後ろにずり落ちそうな馬を鞭で叩いて。あれは見たくない。

坪内　あれは荷物を運ぶことが専門の馬なんでしょ。たしか輓馬（ばんば）とかいう。

池田　ああいうの、嫌。だって逃げないのが健気すぎ。

坪内　妹尾河童の話題の小説『少年H』に、中学生が馬術部に入っていて、その馬たちが気に入った生徒は乗せてやるけど、気に入らない生徒は振り落とすって話が……。

池田　うん、信頼関係があるのよね、馬と人の。でも輓馬競争でお尻ひっぱたく、あれが私はいやなの。あれ、テレビで見てると、ホント嫌ですね。

坪内　宮本輝の小説『泥の河』に荷馬車の話があって。高度経済成長直前の昭和三十年の話ですが、荷馬車引きの男が荷馬車の車輪に轢かれてしまう。橋を上ろうとして上れず、後退する馬車に轢かれるのです。あの場面、印象的です。時代は馬から自動車へ変わろうとしていたそのころの光景です。

ところで、池田さんは小さい頃から動物とどの程度触れてお育ちになりましたか？

池田　お育ち、だなんて（笑）。私ね、動物って怖かったです。見てて可愛いと思っても。

坪内　犬や猫は？

池田　猫は嫌いと思ってたんですよね。なんか、「しっしっ」と追い払うと、すっと逃げて止まって、又見たりするでしょ。根性悪いように見えて。でも、ある日、うちの台所の外にいたんですよ。まだ子猫で。「あらっ、こんな所にいるなあ」って。何回見に行ってもまだいるんですよ。夜になってもいたから、しょうがないから中に入れてあげたんです。そして寝たら、私の布団のところに来て、夜を一緒に過ごしたら……。もう終わり……。ふふふふ。寝るってこういうことかと思いました。その日から、猫、可愛くなっちゃって。その子は死ぬまで一緒にいました。一夜にして見方が変わった。

坪内　へえー。

池田　実はもう一匹いたんです。迷い猫が家に来て、町内のいろんな所に「猫いますよ」と張り紙したんですけど、何も反応がなくて、そのまま二匹飼ってた時期があるのです。坪内さんにも熱烈な猫の句、ありましたね。えーと、

葉桜よ黒猫を抱き抱き殺す

虚子も、猫はお好きだったのかしら。

スリッパを越えかねてゐる仔猫かな　高浜虚子

って私、大好きな句です。親しんだのは、あと金魚ね。

坪内　金魚がいるんですか？　そういえば句集『拝復』（二〇一一年）に金魚の句がありますね。

　金魚に餌あげて自戒は幾度でも
　出目金魚（でめきん）の頭痛そう夢見月
　風雨だし金魚赤いし夜が更ける
　気がゆるむたびの出目金魚ごこち哉
　人の都合で金魚揺らすな大つごもり

金魚にかなり肩入れしていますね。「出目金魚ごこち」って気が緩んだときのたぷんとした気分……。

池田　ハハハハ（笑）。今はいないんですよ。昔、あのね、小倉に暮らしてた二年、そこで釣ってきた魚を飼ってたんです。タナゴとかフナとか何でもいいんですよ。みんな一緒にドジョウまで。そういうこと、ありました。金魚は、そういうもの全部の、代表ね。

坪内　最新の句集『拝復』にはあまり変わった動物が出てこないですね。

池田　出てこないですねぇ。

坪内　金魚のほかには蚊とか……。

池田　そうそう、蚊は年がら年中いますから。うちの辺りは多いんですよ。庭に出たらただでは帰れない。

坪内　あ〜、それで夏ではない季節の蚊もいっぱい出てくる。

池田　そうですねぇ、だから「花（蚊）鳥諷詠」客観写生よ。私の句は。

坪内　そうなんですカ、（笑）。

春の夜の蚊よ蚊にさぞや会いたけれ

冬の蚊のさびしさ大工ヨセフほど

など、おもしろいなあ。夏でないから蚊がしみじみしているというか。蚊のさびしさが大工ヨセフほどだなんて、蚊に対する最上の表現じゃないですか。キリストもびっくり。

動物については、鯉、池の鯉が何句かありますけど、それは池田家に池があるとか。

池田 今はないですけど、どっか行くと必ずあるじゃないですか。

坪内 鯉、好きなんですか？

手を打って春や鯉浮く水の皺

とか、ありますね。

池田 好きってこともないんですけど……。嫌いではないです。

坪内 僕は鯉が苦手なんです。

池田 見るのも？

坪内 ええ。手を叩いたらやってくる。あれが嫌なのかなあ。

池田 なるほどー、分かります。あのねぇ、すっごく大きい鯉、いるでしょ。あれ切ったら弾けそうに太ってるじゃないですか。あれ、気持ち悪いですね。そうそう、坪内さんは大きな動物がいろいろ俳句に出て来る。河馬(かば)とか……。今さらだけど、

桜散るあなたも河馬になりなさい

水中の河馬が燃えます牡丹雪

横ずわりして水中の秋の河馬

など、河馬は坪内さんの専用のキャラクターですね。

坪内　河馬って、手を叩いても寄って来ない。その無愛想さが好きなのです。池田さんの師匠の三橋さんに『まぼろしの鱶（ふか）』（句集）がありますよね。鱶は大きい方の動物だけど、ああいうのは池田さん、継承されてませんね。

池田　ふふふ（笑）そうですね。でも例えば鱏（えい）とか、それからなんだろうな、結構詠みたいとは思います。ただあんまり見る機会ってないですよね。

坪内　『拝復』の一番大きい動物は海豚（いるか）かな。

冬うららか海豚一生濡れている

これ、名作ですね。一生濡れている、と表現されると、それがもう海豚の本質という気がする。海豚は近年、海豚ショーなどでとても人気の動物ですが、冬でも濡れている海豚は、冬には乾く人間なんかよりとても高級という感じがする。

池田　恐れ入ります。そんなふうに読んで頂いて。なるほど、そうですね。私、あんまり外へ行かないから、動物に触れる機会が乏しいのだけど、鱏とか鱶とか嫌いじゃないいんですよ。要するに役に立たずに、この世に漂ってるみたいなところが。

坪内　「薄い上着を手にホラそれはアメフラシ」という句が『拝復』にありますが、これは吟行……。

池田　そうですねぇ。

坪内　池田さんは動物派ではないのかもしれない。

池田　そうですね、ないかもしれない。

坪内　特に好きな動物は？

池田　それ聞かれると困るな、と思って来ました。うふふふ。

坪内　蛍は？　といってもこれは虫で、代表作が……。

池田　あぁ、あれ。「じゃんけんで負けて蛍に生まれたの」を言われるとがっかり……。もうちょっと別の句も挙げて欲しいのよね。坪内さんも「三月の甘納豆のうふふふふ」ばかりでは嫌でしょ。

坪内　じゃ、これからは「冬うららか海豚一生濡れている」も同時に挙げることにします。

池田　強要したみたい（笑）。

家のまわりで

坪内　この『俳句の動物たち』では動物を六部門に分けたのです。最初に「日本の動物たち」、これは家の周りにいるというか、私たちの暮らしに密着した動物。次に「水にいる動物たち」、そして「鳥たち」「虫たち」、それから「動物園の動物たち」「人間たち」。かなり強引ですが、「人間たち」は船団らしくていいかな、と。

池田　そうですね。「日本の動物」の最初は、犬ね、五句目の

悠久の今を穴掘る犬の夏　　赤坂恒子

は、象徴的。さ、動物の俳句が始まりますよ――っていう雰囲気でいいですね。私の家の周りの動物といえば、まあ、鼠（ねずみ）ね。出たことあるの。鼠の貌ってすごく可愛いでしょ。空気を抜く所が縁の下にあるでしょ。そこから入るらしくて。ある時間になるとダダダ～って走るの。鼠、いてもいいけどなって思ったの。でも電線かじられると怖いんで、しょうがなくて鼠捕りを仕掛けよう、でも捕れたらどうしようって。それが怖くてしょうがないから鼠駆除の業者に頼んだらウン十万かかりました（笑）。

坪内　そんなにかかるんですか？

池田　かかるんですよ。空気穴から入れないようにしたんです。いますよ。近くにも。ご近所の金田一秀穂さんのところなんか、きっといますよ。あそこは白鼻心に洗熊、狸も。

坪内　全部似てますね。金田一さんに（ハハハハ）。

池田　金田一さんとこ、夜なんてお家に入る前に気配があるって。

坪内　そうですか。

池田　門から玄関までちょっと距離があるんですよね。そこに巣があるらしい。うちの近くは白鼻心、いっぱいいます。

坪内　僕のところは新興住宅地なので、今はいないです。

池田　うちは、お隣がお寺だしね。お寺で白鼻心捕まえて。いてもいいんだけど、天井でおしっこするんですって。そこ、腐っちゃうでしょ。それも業者に捕まえてもらって、「見に来る？」って言われて、見に行ったんですけど、綺麗ですねぇ、白鼻心。

坪内　へー。鼠のお正月の季語「嫁が君」って、使ったことありますか？

池田　ないです。ちょっと使えないですねぇ。鼠の句作ったことないかなぁ、ないかもしれない。

鼠にもやがてなじまん冬籠　　其角

私、この本の鼠の句を見て、昔の人はもっと平気だったんじゃないかと思ってたんです。昔もやっぱり馴染んではいないんですね。

桃色の足を合はせて鼠死す　　白泉

って、渡辺白泉らしく優しい句で好きです。ね、姿が見えますよね。

犬の句はあっても、鼠の句はないでしょ、坪内さんも。

坪内　ないです。家の周りの動物の句って、そんなに作っていません。犬は「老犬をまたいで外へお正月」なんて作りましたが。

池田　坪内さんは犬派ですね。飼っていらしたから犬の句多いですよね。

百代の過客の犬とひなたぼこ

日本の春はあけぼの犬の糞

みんな、おっとりと幸せそうな。家族を詠んでるのと同じですね。

他に興味のある動物いますか?

坪内　想像上の動物かなあ。河童、龍、恐竜、妖怪など。

池田　これ、おかしかったですよね。よくこれを入れたなと思って。河童、龍、恐竜は恐れ入りましたね。私には恐竜の句はないです。

坪内　最近の俳人たちには結構ありますよ。だから新しい動物なんですよ、俳句では。

池田　恐竜の模型や、テレビでも見たりするから、昔の人より今の人の方がなじみがありますね。妖怪もあるでしょ。あぁ、天狗、そうか妖怪かぁって。こういうのを入れちゃうところが「船団」ですよね。いいなあ。

坪内　じゃ、こんど、お互いに妖怪の句を作りましょうか。

虫を知る楽しみ

次の「虫たち」はどうですか。気になるものがいますか。

池田　油虫。
坪内　油虫、大丈夫ですか？
池田　私、ダメなの。大騒ぎになるの。大体、夫婦喧嘩になるの。私、捕まえて捨てるまで大騒ぎ、薬撒いたり、やってるんですね。「そんなに騒がなくたって昆虫じゃないか」って、主人は言うんですよ。
坪内　ご主人、捕ってくれるんですか？
池田　いいえ。昆虫だから、いいって。
坪内　ハハハハ。
池田　私は絶対に捕るんですよ。西東三鬼に

風呂場寒し共に裸の油虫

がありますよね。三鬼の時代もいたのですね。私ね、結婚するまで見たことなかった。結婚してもしばらくは見てなかったわ。団地暮らしをするまで見たことなかった。
坪内　ああそうですか。僕の田舎はいても不思議じゃないくらい沢山いた気がする。
池田　昆虫だから構わないわけだ。
坪内　ええ、昆虫ですから（笑）。
池田　昔、冬、寒かったから、あんまりいなかったということを聞いたわよ。
坪内　ゴキブリは古い言葉だから、ずいぶん昔からいたことはいたのですよね。その油虫、抵抗のある人とない人がいる。それがおもしろいです、僕は。
　ところで、比較的、池田さん馴染んでおられる虫は？　蚊？
池田・坪内　ハハハハ。ふふふふ。

池田　ズボンはいてても、ストッキングの上からでも刺すの。
坪内　蚊と蠅は、これ以上俳句的なものはない気がしますね。
池田　ねっ、だって一緒に暮らしてるからね。
坪内　どういう気持ちで作るんでしょう？　俳句にして紛らわすんですかね？
池田　あぁ、俳句にして元とっちゃう？（うふふふ）
坪内　アハハハ。俳人が蚊や蠅を好きだという訳じゃないでしょうからね。
池田　そうですね。ただ見る機会がともかく多いでしょ。夏だったら毎日見ますから、蚊は。蠅はこの頃あんまり見ないわね。
坪内　ええ。少年のころはいましたけどね。で、「晩夏晩年角川文庫蠅叩き」なんて句を僕も作ってます。でも、いなくなりましたね。蠅は。
池田　虚子もいっぱい作ってますよね。蠅だけじゃなく蠅叩きとか蠅捕器とか。

　　営々と蠅を捕りをり蠅捕器

坪内　面白いですね、虚子のアホらしい句は。
池田　あっ、毛虫はどうですか。いわゆる毛虫類は俳句に多い。池田さん、毛虫はやっつけられる？
坪内　あれは嫌だな。火で焼いてっていう句、いっぱいありますよね。
池田　季語の「毛虫焼く」ね。
坪内　残酷な自分、みたいなの多いでしょ。私、毛虫がつく前になるべく切っちゃう。木を。新芽が出てから毛虫がつくから。でも付きますけどねぇ。あとは見て見ぬふり。
坪内　嫌いなんですね。

池田　うん、あんまり……。って言うより、触ったら腫れあがって大変なことになりますから。でも毛虫って、色の綺麗なのいますね。

坪内　蛞蝓（なめくじ）、なんてどうですか？

池田　蛞蝓！！

坪内　エヘヘヘ。

池田　あれは嫌でしょ。刺されはしないけど。蝸牛（かたつむり）は手に乗せても大丈夫。どちらかというと殻の方がいい。こっちの方（蛞蝓）は嫌かな。

坪内　足立則夫さんていう方の主宰するナメコロジー研究会っていうのがあるんです。彼、東京の人で、日本経済新聞に勤めていた人です。彼にその研究会の関西支部長になれって言われたことがあって。

池田　フフフフ。

坪内　その人、『ナメクジの言い分』という本を岩波書店の科学ライブラリーで出してます。蛞蝓を見直し、蛞蝓に学ぼうというのがナメコロジーなんです。蛞蝓は二種類いるんですって。フタスジナメクジとチャコウラナメクジ。甲羅の跡のあるチャコウラは戦後アメリカからやってきて、日本を席巻、在来種のフタスジが減ってます。在来種はあんまり餌を食べなく動きもスロー。それに対して外来種は活発でよく食べるのです。

池田　甲羅、蛞蝓がしょってるの？

坪内　ちょっと跡があるんです。ほとんど庭にいるのはそれなんです。

池田　へーっ。

坪内　チャコウラは沢山の野菜とか花を食べるんです。で在来種のフタスジはあんまり食べないでゆっくり。

池田　通ったら道が二筋（ふたすじ）出来てるのですか？

坪内　いや、背中に二本の筋があるのです。あの銀色の通った道、あれは大事らしいですよ、蛞蝓には。帰りもあの道を通るのです。つまり、通り道ですね。しかもすうっと滑って力が省ける。省エネの道らしいです。

池田　へーっ！　そこ（往きの道）を通るんですか？　賢い！

坪内　そういうことを足立さんは調べているんです。

池田　そう言えば、道は一本ですよ。そこからV字にはならない。往復で一本。

坪内　三橋鷹女とか、蛞蝓を好意的に詠んだ俳人がいます。

なめくぢも我れも夏痩せひとつ家に
なめくぢり死にき朝焼朱を降らし
なめくぢのことが頭を離れぬなり

蛞蝓、俳句では夏の季語になってますね。でも、足立さんによると、一番活躍するのは十一月頃なんですって。で「変えた方がいいんじゃないですか」って。

池田　小さいのもいるんですよね。黒いの。土に混じってるの。

坪内　あぁ、それは生まれたばかりかな。

池田　はーっ！　蛞蝓は、ほんとに、お塩かけたらいなくなっちゃうんですか？

坪内　水分が出て縮んでしまいます。ビールが好きだし、ビールを瓶に入れておくと集まって来る。ともあれ、足立さんから色々教えてもらって、蛞蝓もいいなって気になってきますけど、手のひらには乗せたくないなぁ。

池田　気持ちは可愛いと思っても、体が嫌がりますね。

坪内　でも、もともとは蝸牛だったのですよ。陸上で家（殻）を作るのはとても大変なんですって。で、もう家づくりは嫌だ、という蝸牛が現れ、家を捨ててしまった。それが蛞蝓らしいです。

池田　ホホホホ。愚直じゃないのね。

坪内　ええ、なかなか賢明。

池田　へーっ！　調べ出したらいろんな事がわかるのねえ。坪内さんも蛞蝓は触りたくない。蝸牛は触れるんですね。

　　手にのせてこれは京都のかたつむり

　　てのひらにかたつむりのせ市内バス

「京都のかたつむり」って愉快ですね。しなを作っていそう。団子虫（だんごむし）、あれは好きな人が多いわね。特に子どもって好きですね。でも、昔の俳句で見たことがないわ。団子虫って昔からいたと思うけど……。

坪内　家庭菜園とかをやりだしたから目立ち始めた？　残念ながら団子虫については研究不足です（笑）。蝙蝠（こうもり）は？

池田　蝙蝠、好きですね。

坪内　近所に娘が住んでいるんですけど、二、三年前、真夜中に電話がかかってきまして。泣きながらかかってきたから、泥棒でも入ったかと思ったら、蝙蝠が家に入ってきた。旦那が出張していていない。蝙蝠が出て行かない。助けてって。

池田　うふふふ。

坪内　娘の家へ行ったら、幼稚園の孫が箒を振り回してるんです。母親はすっかりおびえて部屋の隅にうずくまってる。蝙蝠がなかなか出ていかないのです。

池田　うふふふ。怖かったのね。でも、ずいぶんドジな蝙蝠ね（笑）。蝙蝠も大騒ぎされてびっくりしたのかな。怖かったでしょう蝙蝠も。

坪内　そういうふうに蝙蝠的に見ることもできますね（笑）。ところで、虫で近年、とても人気なのは綿虫ですね。綿虫は最近の俳人たちの人気の虫ですね。池田さん好きですよね。

池田　こないだ、若い人、大学生から三十歳くらいの人たちに呼ばれて行ったら、綿虫を知らなかった。

坪内　はーっ！

池田　「綿虫」って知らないし、「風花」も知らないって。

坪内　それは俳句を知らない人？

池田　ううん、知ってる人、俳句をしてる人よ。だからある程度、句会って、いろんな年代の人とやったほうがいいなって思いました。話、飛んじゃっていいですか？　私、「仁丹」の句を作ったら、「仁丹」知らないの。

坪内　「仁丹」は知らないかも。

池田　まぁ、今、ないのかなぁ……。

坪内　あることはあります。口臭（予防）の。かつてのように有名ではない。若い子たちには使われてないですよね。

池田　仁丹の匂いで
　　　……仁丹なめてるのはどなた？

という句だったんです。匂うから。そしたら、匂うなんてこと、もちろん「仁丹」知らないから。色んな世代でやらないと知ってるとこだけになりますよね。それ痛感しました。

坪内　今の大学生、ほとんどは綿虫なんて知らないですよ。俳句作り始めて、教えてもらって、あぁ、あれって。

池田　そうねぇ。うん。

坪内　池田さんの句、

綿虫よ嬉々と羽化したのでしょうか

って、おもしろい。

命嬉し綿虫草々私たち

これは綿虫と同化しているというか……。

池田　だってそうでしょ。同じ生き物。なんとなく存在が好きね。しょっちゅう会わないでしょ。あー、綿虫がいたぁ！　なんか街の中で恋人に会ったように、ふふ。

坪内　綿虫を知っているっていうのは、俳句の人たちの一つの特権みたいなもの……。

池田　興味がなければ埃が飛んでるようなものですものねえ。坪内さん、作ったのありますでしょ。

坪内　「綿虫の三粒に会って戻ったよ」。

池田　あっ、これ名句だと思う。そう思って今日来たのに言うの忘れちゃってた。うん、ほんとに、そういう気分。得しちゃったっていう気分。百円玉三つ拾うより、ぜったい嬉しい。

坪内　あのう、蜥蜴（とかげ）っていうのが、山口誓子の句にいっぱい出てくるんです。蜥蜴の句、大好きで。「蜥蜴照り肺ひこひことひかり吸う」「青蜥蜴唾をごくりとわれ愛す」など。蜥蜴を愛してたのですね。

池田　ほんとですね〜。誓子は、蟋蟀（こおろぎ）にも凝った時代もありますね。

蟋蟀が深き地中を覗き込む

夜はさらに蟋蟀の溝黒くなる

坪内　蜥蜴や蟋蟀が好きじゃないと俳人にはなれないって感じですね。

池田　坪内さんも俳人だから

ちょこと行くちょこちょこちょこと行く蜥蜴まで

動きが走ったり止まったりするので、付いて行くのに「ちょこと行くちょこちょこちょこと行く」になりますね。美しい蜥蜴もいますよね。ウチにいるのは茶色くて枯葉みたいな色したの。でも出てくると嬉しいです。でも句にはなかなか。

坪内　うーん。蜥蜴に取って代わって綿虫になったのかな、俳人の好みが。

池田　まぁ、今では普通の人はあんまり蜥蜴見ないでしょうねぇ。団地やマンションだったらねぇ。

亀って好きですか

坪内　じゃあ、話題を変えて、「水にいる動物」、水中の動物に移ります。

池田　はい、水中の動物。

坪内　さっきの海豚の句、「冬うららか海豚一生濡れている」っていうのは、やはり名句ですね。

池田　うふふ。でも、本当に濡れてますよね。乾くことあるかな。あの昼寝したりする時は乾くんですかね。

坪内　どうでしょうねえ。乾いたらすぐ水に入って濡れるのでしょうか。昔の俳句では海豚じゃなくて鯨（くじら）の時代がありましたね。

池田　鯨、本物を見たことないんだなあ。

坪内　鯨は、食べるのも難しくなって。海豚はあちこちにいる。見ることができる。何か水にいる動物で興味のある動物はあります？

池田　そうですね。興味あるっていうと。磯巾着（いそぎんちゃく）とか、水母（くらげ）とか、鱏なんかが好きです。人間とは全く違うからかもしれないですが。水澄（みずすまし）もいいけど、ややこしくて困るんですよね。関東と関西で逆の言い方になるでしょ、水澄と水馬（あめんぼう）、源五郎、葦と葭……。

坪内　そうですねえ。水馬と源五郎と。

池田　これどっちと思われるかなって思うと、とっても悩むんですけど。ここで水澄って言った場合はどっちに読めるか。

坪内　これは、水の上にいるやつじゃないでしょうか。跳ねてますから。

池田　そうですよね。浮く方ですよね。「みずうま」って書いたならば水の上ですよね。潜ったら、こう書かないですよね。馬にならないから。いつもすごく悩むんですよね。水馬にしようか水澄にしようか。

坪内　この、村上鬼城の「水すまし水に跳て水鉄の如し」は明らかに水馬ですよね。

池田　そうですよね。水馬でしょう、関西では。水馬って水の上、関東では。水馬、水の中にいるの。

坪内　水澄のこと？

池田　だから関西とこっちは逆なんですってよ。水馬は水の中にいるのね、ややっこしいのよね。

坪内　これ、水澄って言ったり、水馬って言ったりしますね。

池田　ええ。「あめんぼう水を掴んで瞑想す」（北原武巳）っていったら水の上で。
坪内　「みずすまし恋の勝負は素潜りで」（山本直一）ってなったら。
池田　こういうのはややこしいんですよね。悩むんですよ。めんどくさいからだんだん作らなくなってきました（笑）。
坪内　はい。
池田　で、亀で「亀鳴く」ってあるでしょ。
坪内　はい。「亀鳴く」。亀って好きですか。僕、世間でもてはやされる程好きじゃない。（笑）亀は万年ってなんか、めでたい生き物ってことになってますが。
池田　ですよね。本当はどうなんでしょうね。
坪内　どうなんでしょうね。亀、実際はあんまり関わりがないんですよね、ぼくなんか。日常生活で亀に。
池田　ないですよね。息子が子どものときは、銭亀っていうんですか、ああ、みどり亀?
坪内　あれは、都会の子がかつてよく遊んだ。
池田　息子が飼いたがったんですよ。小さい時、なんかもらってきたかなんかで。一応洗面器みたいなのに入れておいたら一晩中そこから出ようとしているの。もう、嫌だったあ。
坪内　なるほど。
池田　そう、昔、お祭りでよく売ってましたね。
坪内　なんか海にいる亀なんかは竜宮城に連れてゆく。物語性はあります。
池田　そうそう。そして、卵が孵る、あれ。

坪内　月夜の晩に。

池田　ロマンチックですよね。見たことないけど。

坪内　見たことないですね。

池田　また、かわいいのよね。子どもの、亀の脚。どうして海に行くんですかね。反対に行く子いないのよね。

小鳥と会うとうれしい

坪内　じゃあ、鳥にいきます。

池田　はい。鳥。

坪内　空の動物。こっちはどうですか。

池田　鳥。雀があんまりいなくなっちゃったしね。本当にいなくなりましたね。

坪内　二分の一に。　三上修さんという研究者がいて、その人の本によると最近は二十年前の半分しかいないらしいです。

池田　よく最初に雀が飛んできて、木の上に。その後で椋（むくどり）とか中くらいのが飛んできて。来た順番に、ちっちゃいのが逃げてゆく。次に大きいのが。ほんと、この頃ほとんど雀が来ません。鵯（ひよどり）なんかはいっぱいいるけど。

坪内　雀は人間に一番近い所で暮らしてるでしょ。人間が少子化したから、都会の雀は少子化ですって。本当に。一羽か二羽しか子どもがいないんですって。それで、田舎はぞろぞろまだいるんですって。（笑）本当ですよ。これは。科学的な調査なのです。調べたの、何羽連れてるかって。

池田　環境が変わったからじゃないの。
坪内　ええ、そうかも。昔から人間にとても近いところで暮らしており、人間の少子化が雀に及んでいるかも……。
池田　だけどねえ。（笑）
坪内　餌がねえ、少なくなったんじゃないかと言われています。
池田　そうでしょうねえ。それは、わかる。でも、人間の少子化が原因と言われると、ちょっと納得いかない。
坪内　都市化した人間の暮らしが雀に影響してるということです。
池田　本当にみるみる木がなくなっているんですよね。そうすると、やっぱり鳥が来なくなって。数年前までは、ウチにも鶯も来てましたけど。この頃は来てないんじゃないかな。
坪内　池田さんに年をとって、梅に鶯っていう句がありましたね。

あっさりと晩年うぐいすが梅に

池田　ハハハハ。よく覚えて下さって！　当然のように年とったわ。
坪内　梅に鶯っていう有名な取り合わせですけど。この前、本当には来ないっていう話を聞いたんですよ。船団の集いに田中修先生っていう甲南大学の教授に来てもらって、花のお話を聞いたんです。
池田　ああ、鶯は言われてる程は来ない。目白の方が来るんですよね。
坪内　そうそう、目白の方が来ている。
池田　そして目白の方がきれいなんですよね。鶯は声がしないことには見えないですし。
坪内　それで目白は、蜜を吸う動物なんですって。

池田　それでゆっくりいるわけですね。

坪内　ええ。吸うてるんです。鶯は虫を食べる。

池田　へえーっ。

坪内　だから、梅には来ないんだそうです。そういうことを、この前聞きました。

池田　じゃあ、梅に鶯がたまたま来ている時は休んでいるんですね。

坪内　そうです。たまたま来ている。仕事で来ているんじゃない。で、梅に目白が来たら、目白なんだけど、鶯にしちゃった。だけど目白もあんまり捕っちゃいけない。

池田　ああ、そうでしょうねえ。

坪内　ぼくら、子どもの頃は、目白を捕るのが楽しみだったんですけどね。そういうことが、できなくなってしまった。で、小鳥っていうのはどうですか。

池田　小鳥って会うと嬉しいですね。

坪内　一番馴染みのある小鳥は雀と何でしょう?

池田　なんでも同じだな。私にとっては。たとえば尾長なんかでも。ぎゃって鳴きますけど、姿きれいだし。あの、ちょっと散歩に行って鳥に会うと得したような気持ちになりますね。でも、目白で一句ってなかなか思わない。私、雲雀のね、「一羽いて雲雀の空になっている」って。

坪内　ああ、ぼくの句ですか。

池田　これ、私、すごい名句だと思う。一羽いても、本当に雲雀の空ですよね。雀が一羽飛んでも、雀の空と思えないんだけど。

坪内　存在感が。

池田　別に何羽もいなくてもいいわけですよね。大体空には何羽もいないですよね。これが私一番好きでした。別に坪内さんだから、褒めるわけじゃなくって。一羽いて雲雀の空。いいなあと思いました。やられちゃったと（笑）、思いました。

　　空海も雲雀の一羽本日は

も、おもしろいですね。「本日」だけなのかも。

坪内　雲雀はずっと昔から和歌の時代から詩歌に登場してますね。

池田　そうですね。

坪内　燕は。

池田　燕は親しいな。家の近くにもよく巣があります。大事にしてますね。巣を作られると下が糞だらけで汚くなるから新聞なんか敷いたりして。いじめないようにしてますね、皆さん。

坪内　駅なんかは追い出しにかかっている。

池田　嫌がられるのは糞ね。お尻をピッて、巣の外に出して糞をするのね。で、写真撮りたくなるんですよね。ただ、遠くから眺めていると口開けてぎゃあぎゃあ騒いでるでしょ。それを撮ろうと思って傍に行ったら、絶対動かなくなる。で、親も帰ってこなくなるし。

坪内　そうですか。時鳥なんていうのは。これは、和歌で有名ですね。

池田　これはねえ、私、何年か前に初めて聴いて。『あさがや草紙』に書いちゃってる話なんですけど。時鳥が鳴くからって九州へ行ったんですよ。英彦山へ。一度鳴いたらしいのだけど。今のが時鳥ですよって言われたけど、もう鳴き終わっちゃってて分からなかったんですよ。それで、結局時鳥を聴くっていうのが目的だったのに、聴かないで帰って来たんですね。で、その一週間後に伊香保へ行ったんですよ。ケーブルカーっていうか、山に登ったら、もう時鳥だらけ。もう鳴きっぱなしなんですよ。それで、わたし友だちに「ホトトギスだらけ」って。メールしたら、「俳人の方なの、鳥の方なの？」って。（笑）

坪内 なるほど。なるほど。

池田 もう、鳴きっぱなしだったんです。姿は見えないんです。

坪内 確かに姿は見えないんですね。ある場所に行ったら鳴きっぱなしなんですよね。ぼくらも英彦山へ聴きに行ったりして、やっとわかった、何年か前に。俳句は、時鳥がシンボルみたいになってます。なにしろ子規がいて、雑誌「ホトトギス」があって（笑）。

四季の代表的な季語があるじゃないですか。雪月花に。

池田 はい。夏のは時鳥なんでしょ。聴けてやっと俳人になったという気分もしましたよ。

坪内 学生なんかに訊いたら、ほとんど知らないですよ。

池田 電子辞書かなんかで鳥の声を聴いて。

坪内 鶯と間違えてる感じで。時鳥なんて鳴くのって訊くと、ホーホケキョって（笑）。

池田 きゃー、冗談みたい。私、鳥も好きなんですよ。おもしろい、鳥見てると飽きない。

坪内 鳥は確かにおもしろいかもしれない。

池田 鳥は、考えてますよ。

坪内 人間とやりあってるというか。

池田 ゴミの時に来てて、追ったりすると待ってますもの。いなくなるのを、傍でね。

坪内 鳥は季語になってないですね。

池田　そう、なってない。ぜんぜん季節を選ばないですもんね。梅雨鳥とか。
坪内　寒鳥とかね。
池田　カラスって二つ字があるじゃないですか。烏と鴉。あれ、どっち使いますか。
坪内　易しい方を使いますけど。
池田　ねえ。俳人くらいでしょうか。鴉は。
坪内　難しい方を使う人が多いですよね。あれは、ちょっとカラスを尊敬してるんでしょうかね（笑）。小鳥を飼った体験はないですか。
池田　私はないですが、夫の家がいろいろな小鳥を飼っていて。大きな鳥小屋で飼ってました。
坪内　はあ、本格的に飼って。
池田　飼ってどうするわけじゃないんですけど。それから、尾長がね、巣から落っこちゃったのをお姑さんが育ててましたよ。遊びに行ったときに、家の中で。
坪内　なんか、小鳥を飼う趣味ってなかなか高級な趣味なんじゃないでしょうか。山階鳥類研究所なんていうのもねえ。伊丹市に柿衞文庫っていう俳諧の資料館があるんですが、そこを作った岡田利兵衞さんていう人、酒屋さんでお金持ちだったんですが、俳句の研究と小鳥が大好きで、小鳥の研究家でもあった。
池田　ああ、鶯の鳴き合わせとか、高級な趣味なんですね。やっぱりゆとりがなきゃね。役にたたないしね。
坪内　そういうのが近年、特に戦後なくなったのはある意味でものすごいお金持ちがいなくなって。
池田　お金持ちらしいお金持ちね。

坪内　そうそう、無駄にお金が使えるっていうか。岡ノ谷一夫という進化生物学の研究者がいまして。ことばの起源を研究している。その人が人間についでしゃべれる可能性のある動物は小鳥やという研究をしてます。小鳥の鳴き方を分析してるんです。小鳥は歌を歌う。その歌も無駄な歌を歌う。上手に囀ったら雌が認めてくれるんですよね。わずかそのことのために。（笑）

池田　はあ、そのために鳴いてるんですね。健気というか哀れというか。

坪内　歌が歌える動物がさきほどの海豚や鯨、小鳥類。一番人間に近いのは、小鳥だ、と。小鳥の歌を研究したら言葉の起源が分かるかも知れないと岡ノ谷さんは言うのです。この人の研究も無駄な研究やなあ、とつくづく感心するんですが。あっ、否定してるのではなく共感しているのです（笑）。

池田　分かったから何なんだって。おもしろいですね。ロマンチック。

坪内　小鳥の俳句で愛誦してるの、ありますか。昔、有名なので、

　　啄木鳥や落葉をいそぐ牧の木々

水原秋桜子ですね。杉田久女の

　　谺して山ほととぎすほしいまゝ

も超有名ですね。

池田　飯島晴子さんの

　　白髪の乾く速さよ小鳥来る

小鳥が主題ではないですが、髪の水分が減っているから、すぐ乾いてしまうという、老化を詠みながら、季語で明るく錯覚させています。

　　これ着ると梟が啼くめくら縞

は心象的な「梟」で。

そういえばここには、鵺(ぬえ)とかは？　妖怪じゃないけど。

坪内　想像の鳥ですね。火の鳥なんてのもありますね。

動物園、好きか嫌いか

坪内　動物園の動物で俳句を詠むようになるのは、明治からですね。正岡子規には上野の動物園の動物の声が聞こえるという句があった気がします。動物園の動物で池田さんが一番好きなのは？

池田　象かな。（笑）

坪内　大きいやつですね。俳句作ってらっしゃいますか。

池田　ううん。ないですね、きっと。ああ、作ったことないわけじゃないけど。自分でも印象に残ってないような。まあね、動物園って好きで嫌いなんですよ。見たいんだけど。たとえば、一頭だけでいるじゃないですか。あれが嫌なんですよ。痛ましくて。

坪内　ぼろぼろですもんね。日本の動物園の動物たちって。

池田　それで、自分が動物園に入れられたと思ったらね、一人だけ。猿山は嫌じゃないわけですよ、集団だから。

坪内　ああ、なるほど。

池田　一頭で淋しくないかなあって。

坪内　河馬なんかもともと集団生活してる動物で。仲間と一緒にいるんですけど。日本は一頭か二頭でいるんです。

池田　でしょう。それがすごく嫌なんですよ。珍しいのはみんな一頭くらいでいるわけですよ。

桜散る河馬と河馬とが相寄りぬ　稔典

ならいいんですけど。

坪内　でも、長生きはしてるんですよ。河馬も。

池田　長生きしても、ありがたいわけじゃないって、思っちゃうんですよ。つい。

坪内　じゃ、あんまり動物園には行きませんか。

池田　あんまり、行かないですね。でも、河馬、坪内さんは全部見たってすごいですね。コレもまた男のロマン。

坪内　ああ、日本の河馬の全部を見たんですけど。それから十年たったんですよ。僕が見た河馬は戦後の河馬だったんですね。戦後まもなくやってきた河馬たち。その河馬たちが全部老齢化して、次々死んじゃって。ほとんどの動物園から姿を消したんです。それでね、次の世代の河馬たちがやってきたりして。去年の十二月から再び河馬を訪う旅を開始したんです。もうずっとつきあってやろう、と思って。それで、この前、鹿児島の平川動物公園へ行きました。そこには今まで河馬がいなかったんですが、新しく来たんです。これからしばらく、また河馬で楽しもうと思って（笑）。

池田　ふうん。河馬とか犀とか、そういう。

坪内　そういうのが好きなんです。アフリカの。

池田　私も。

坪内　河馬とか犀とか、あんまり相手してくれないでしょ。お客さんが来てもあんまり愛想ふりまかない。そこが好きなんです。

池田　でしょう。自然のなかでも、ただいるって感じ？　自然の中では？
坪内　群れて暮らしてるはずですね。
池田　えっとゴリラもまだ新しいんですかね。
坪内　ええ。だから、名句っていうのがぱっと出てきませんね。ゴリラの名句はまだ。
池田　猿の俳句は古くからありますけどね。芭蕉さんにも「猿を聞く人捨子に秋の風いかに」があります。なんか流行りの動物ってありますよね。時代で。
坪内　今は、パンダやコアラですよね。あれは、僕は河馬の敵みたいな感じで。つまり河馬人気があっちへ移っちゃった（笑）。
池田　そうですね。ラッコが騒がれたこともありますよね。
坪内　あれも、小さくてかわいい。今はどうしても小さくてかわいいものが人気ですね。
池田　ああ、そうかな。
坪内　「爛々と虎の眼に降る落葉」。富沢赤黄男の有名な句がありますね。
池田　ちょっとどう読んだらいいのか難しいけれど。「爛々と」が。
坪内　難しいけれど、風景は浮かびますね。ぱっと出てくる動物園の俳句はありますか。
池田　ううん、なんだろう。渡辺白泉の

あげて踏む象の蹠（あうら）のまるき闇

これは、サーカスの象ですが、一頭だけの象って感じがよく出てますね。

人間も動物

坪内　じゃあ、最後の話題で人間たち。

池田　動物で人間にいく。これ、おかしいですね。普通ここで終わるでしょ。人間も分けちゃって。「船団」、さすがと思いましたね。

坪内　人間も動物ということで。

池田　ほんとう、これおもしろいと思いましたよ。それからこの本では古い句も随分広く選んでありますね。

坪内　ああ、これは、一応著作権が切れてるものから選ぼうということで。了解得るのは面倒くさいということで。

池田　ああ、なるほど。そうですよね。数も多いから。もちろん古いなっていうのも、船団の人が新しいなっていうのもあるけれど。あんまり変らないっていうのもあってね。

坪内　男っていうのは池田さんがよく使う言葉ですよね。

池田　使いますよね。「ふたまわり下の男と枇杷の種」に始まり（笑）、「師も父も夫もおとこ初霞」、あら？　もうないかしら。男が。（笑）

坪内　つまり、動物性が高い？

池田　そうそう。他者なんじゃないですか。きっとね。女、何とかの女って作りませんね。坪内さん、あります？　逆に男の句。

坪内　いくらか。

池田　根がはえる男のあぐら枇杷食べる
　刈りながら草の匂いになる男
　炎天の男錨の匂いして
坪内　もっと、ありそうですね。女の句はありましたっけ？
池田　僕も女が何とかっていう俳句はないですね。
坪内　ないでしょうね。だいたい女ってあんまり思わない。母とか妹とか娘というふうに思いますから、女とは詠みません。友だちは友だちでしょ、子どもは子どもでしょ。
池田　うん。
坪内　「張りとほす女の意地や藍ゆかた」（杉田久女）なんて、こういうのは作りたくないわ。（笑）女の情念みたいなのをドーンと詠むの苦手。というか、そこから逃げたくて俳句に来ましたから。
池田　古典の俳人と池田さんの違いですね（笑）。
坪内　虚子の、女の句、おもしろいですね。「九人目の孫も女や玉椿」。これ、がっかりなさってるの？
それから、びっくりしたのが
　行水の女に惚れる烏かな
　女涼し窓に腰かけ落ちもせず
　女を見連れの男を見て師走
池田　（笑）珍しい動物を見て驚いてますね。ところで、池田さんの時代から女の人が俳壇の主流になってきた。そういうのはどう思われますか。なぜ、女の人たちは俳句をおもしろがるのか。
坪内　ううん。句会が結構、大事というか。初めて私、句会に行った時に、とても気持ちがよかったんですね。遊びなんだけど、ちょっと高級な遊び、勉強しているような。知的なことをしているような満足感がちょっとあって。家を空けて句会に行ってもいいんだ、みたいな。ただ遊びに行くのとは違うみたいなね、そういう気分が味わえましたね。あのう、大変なんですよね、家を空けて長い時間遊びに行くのは。でも、それをしてもいいというような気がしたんですよね。で、近所の人と話すことはあるけれど、最も差し障りのない話をするんですよね。あとは過去の友だちですよね。だからここで、同じことをやっているいろんな人と出会う句会は、すごく楽しいんじゃないかと思います。

坪内 なるほど。

池田 勿論それだけじゃないですよ。で、何か書きたいと思ってても、書いたら、どうするんだって。たとえば小説書いてもどこかに出して入選しなくちゃ、しょうがないじゃないですか。それはもう、なかったことになっちゃいますよね。でも俳句の場合は、ただただ作り続けることができます。それでどうする、ってものでなく。そういうところがすごく女性に。うん。

坪内 女性が俳句の世界に一杯になって、なんか俳句そのものが、変わった感じありますか。師匠の三橋さんらの時代は、まだ女性は少なかったですよね。

池田 本当に女の人は少なくて。で、よく言っていらしたのは、本気で批評しあうから来なくなっちゃうんだって。女性が。

坪内 はい。いじめる感じがするんですね。

池田 もう少し、優しくしとかないといなくなっちゃうよって言ったもんだなんて。どうなんでしょうねえ。今、女性が多くなって、俳句も変わってるはずですよね。

坪内 変わってるはずだと思うんですけどね。何か、女の人の方があまり権威とかそういうものにとらわれないところがありますよね。もしかして俳句の基本精神に合っているかもと思うんですが。

池田 そうですね。確かに。これで、何とか名を売って、仕事にしようとか、一般的にはいないですよね。自分で考えても、そういうふうに思ったことがないですもん。女性も変わってきましたけどね。

坪内 数年前から団塊の世代が俳句やるだろうと言われていたけれどあんまり来なかった。男たちは、句会でぼろくそに言われるとすぐへこんじゃう。女の人の方が、意外に平気で先のお話のようにおもしろがってるところがあって。だから女性の方が俳句形式に合ってるのかも。

池田 もともとは偉くなるために作るものじゃない。名前もいらないくらいのものだから。確かにそういう意味でも、粘着質な女性に合っているかもしれませんね。小さな嬉しさを喜ぶ能力は、女性の方にあるかも。

坪内 偉くなるんじゃなく、動物に近づくというか、動物へ戻るのかもしれませんね、俳句を作るって。

坪内稔典さんと池田澄子さんの「俳句を作って，動物に戻る」という対談を，村上さんと２人でテープ起こしをすることになった。「対談の原稿の入り次第では５月出版できないかも」と出版社から連絡があり，スタッフ皆で今までがんばってきたことを無駄にしてはいけないと奮起した。ソチ五輪の最中「真央ちゃんは，愛ちゃんは」と誘惑も多い中，４日で仕上げる事が出来た。一人だったらこんなに早くは出来なかった。（黒田さつき）

『季語きらり』の姉妹版として動物の本を作ろうと，坪内さんからの提案があり，編集委員は若い人たちも含めた６人で行うことになった。編集会議では坪内さんと共に議論を重ねて，動物の中に人間も入れるというアイデアも出た。そして，鳥や虫など得意の担当分野も決まり作業にとりかかった。

10か月にも及ぶ日々の中で，皆で協力し合いながらようやく一冊の本が出来上がった。校正の段階では人文書院の井上裕美さんには随分と助言をいただいた。

（小枝恵美子）

船団の会編集委員によるあとがき

思えば，2013年の７月５日にスタートした編集会議。「あの動物が入れたい，この動物も入れたい」と，わいわい言い合って，六つのジャンル計121の動物が決定した。（選に漏れた動物たちよ。ゴメン）。

８月23日にエッセーの原稿依頼。締切日までにスムーズに原稿が送られて来るだろうかという心配もあったが，意外にパソコンで送ってくれる人が多く，その上ねぎらいの言葉や近況を書き添えてくれる方も多くおられ，ほっとした気分になり作業に弾みがついた。（富澤秀雄）

例句の収集は全員が分担してやった。歳時記・句集・船団誌・現代俳句集など，片っぱしから動物が出て来る俳句をマークした。自前の本には，何本ものマーカーの紙。図書館にも行って，無心に探し出す。メモとコピー。それからリストに打ち出して，編集会議にかける。ぴんとこない場合は，もう一度作業の手直し。気の遠くなるような繰り返しだった。お陰でたくさんの動物の句に出合えた。蚊も人も同じ命と気づく。愛しの動物たち。（村上栄子）

例句を収集するにあたり，平日は近くの図書館へ，休日は遠くの図書館へと関西を駆け巡った。そのうち「船団」のバックナンバーを先輩から貸して頂いたりもした。私の担当は動物園の動物。気分は動物俳句ハンター。実在する動物を集めた動物園のごとく動物俳句園を作るような気持ちで，書誌媒体という密林の中へ潜むとも知れぬ潜まないとも知れぬ獲物（例句）をただひたすらに追い求めた。一人だけで獲物を追いかけたわけではない。手を差し伸べても頂いた。（船井春奈）

本格的に校正作業をしたのは初めての経験だった。最初は各自担当の俳句とエッセーをチェックし，その後担当外から全体へと校正を行った。しかし，何度見ても校正ミスがあり，がっくりの連続だった。そんなとき，校正の心得を俳句仲間から教わった。「読んだらあかん，字を見ていくだけ，ただし，ちゃんとした原稿であるという前提の上での話」。校正の大切さが身にしみた。

この半年あまり，いい本を作ろうという気持ちで皆原稿と格闘してきた。

（児玉硝子）

編者紹介

船団の会（せんだんのかい）

船団の会は1985年に発足した俳句グループ。季刊誌『船団』，各地の句会，ネット上のホームページ「e船団」などを中心に活動している。現在の代表者は坪内稔典。

URL　http://sendan.kaisya.co.jp/

俳句の動物たち

2014年５月20日　初版第１刷印刷
2014年５月30日　初版第１刷発行

編　者　船団の会

発行者　渡辺博史

発行所　人文書院

〒612-8447 京都市伏見区竹田西内畑町９
電話 075-603-1344　振替 01000-8-1103

印刷所　㈱冨山房インターナショナル
製本所　坂井製本所
装　幀　上野かおる
装　画　出口敦史

落丁・乱丁本は小社送料負担にてお取替えいたします

ISBN 978-4-409-15024-5 C0092

http://www.jinbunshoin.co.jp